FOLIO POLICIER

Dashiell Hammett

L'introuvable

Traduit de l'américain
par Henri Robillot

Gallimard

Titre original :
THE THIN MAN

Auteur de *La clé de verre*, *Le faucon de Malte* ou encore *La moisson rouge*, père du détective Sam Spade immortalisé à l'écran par Humphrey Bogart, Dashiell Hammett a fait don d'une contribution capitale à l'histoire du roman noir. Pionnier de la fameuse *Hard-Boiled School*, il a donné ses lettres de noblesse à un nouveau genre, grâce à la qualité de son écriture et à la densité de ses histoires comme de ses personnages.

CHAPITRE 1

Adossé au bar, dans un *speakeasy* de la Cinquante-deuxième Rue, j'attendais Nora qui courait les magasins pour ses achats de Noël, quand une jeune femme, assise à une table avec trois autres personnes se leva et s'approcha de moi. Elle était petite et blonde, et sa frimousse aussi bien que son châssis moulé dans un tailleur bleu nattier étaient agréables à regarder.

— Vous n'êtes pas Nick Charles ? me demanda-t-elle.

— En personne, dis-je.

Elle me tendit la main.

— Je suis Dorothy Wynant. Vous m'avez sans doute oubliée, mais vous devez vous souvenir de mon père, Clyde Wynant, vous…

— Bien sûr, coupai-je, et je me souviens aussi de toi ; mais tu n'étais qu'une gamine de onze à douze ans, n'est-ce pas ?

— Oui, il y a huit ans de ça ; vous vous rappelez les histoires que vous me racontiez ? Étaient-elles vraies ?

— J'en doute. Comment va ton père ?

Elle se mit à rire.

— J'allais vous le demander ! dit-elle. Ma mère a divorcé et nous n'avons plus de nouvelles — sauf quand on parle de ses expériences dans les journaux. Vous ne le voyez jamais ?

Je lui demandai ce qu'elle voulait boire.

— Whisky-soda, dit-elle.

Mon verre était vide ; j'en commandai deux et répondis :

— Non, j'étais à San Francisco.

— Je voudrais tant le revoir, dit-elle lentement. Maman serait folle de rage si elle le savait, mais j'en ai très envie. Et alors ? Il n'habite plus la maison de Riverside Drive : il n'est pas dans l'annuaire du téléphone…

— Essaye son avocat, suggérai-je.

— Qui est-ce ? demanda-t-elle, l'œil brillant.

— C'est un certain Mac… Mac quelque chose ; j'y suis : Macaulay ; Herbert Macaulay. Il était installé au Singer Building.

— Prêtez-moi cinq *cents*, dit-elle.

Elle se dirigea vers la cabine téléphonique.

— Je l'ai trouvé, dit-elle en revenant, le sourire aux lèvres ; son bureau est au coin de la Cinquième Avenue.

— Ton père ?

— Non, l'avocat ; il dit que mon père n'est pas à New York. Je vais aller le voir tout de suite.

Elle leva son verre :

— À la vie de famille, dit-elle ; écoutez pourquoi…

Asta bondit au même moment et m'enfonça ses pattes de devant dans l'estomac.

— Elle s'est amusée comme une folle, dit Nora à l'autre bout de la laisse. Elle a renversé un comptoir de jouets, chez Lords et Taylor ; elle a terrifié une espèce de grosse dondon idiote en lui léchant les mollets, chez Saks, et s'est fait peloter par trois flics.

Je fis les présentations.

— Ma femme ; Dorothy Wynant ; son père était l'un de mes clients quand Dorothy était haute comme ça. Wynant est un brave type, un peu timbré !

— Il m'a toujours fascinée, dit la jeune fille, parlant de moi. Un vrai détective en chair et en os. Je le tannais toujours pour qu'il me raconte ses aventures ; il faisait des mensonges énormes, mais j'y croyais dur comme fer.

— Tu as l'air fatiguée, dis-je à Nora.

— En effet, répondit-elle ; asseyons-nous.

Dorothy déclara qu'elle devait rejoindre ses amis. Elle serra la main de Nora. Nous serions les bienvenus chez elle, chez sa mère plutôt — qui s'appelait maintenant Mme Jorgensen —, ils étaient au Courtland. Nous répondîmes que nous serions ravis : nous étions au Normandie et pensions rester à New York encore une semaine ou deux. Dorothy caressa la chienne et nous quitta. Nous allâmes nous asseoir à une table.

— Jolie fille ! remarqua Nora.

— Question de goût, dis-je.

— Quel est ton type ? demanda Nora en riant.

— Le tien, mon chou ; brune, fausse maigre, avec un petit air vache.

— Et cette rouquine qui t'a embarqué hier soir chez les Quinn ?

— Bécasse ! dis-je, elle voulait simplement me montrer des estampes japonaises.

CHAPITRE 2

Le lendemain, Herbert Macaulay m'appela au téléphone.

— Allô ! dit-il, j'ai appris par Dorothy Wynant que vous étiez revenu à New York. Si nous déjeunions ensemble ?

— Quelle heure est-il ? demandai-je.

— Onze heures et demie. Je vous ai réveillé ?

— Oui, dis-je, mais ça ne fait rien. Si vous veniez déjeuner ici ? J'ai la gueule de bois et guère envie de sortir… Parfait ! Disons une heure !

Je bus un premier verre avec Nora qui se préparait à aller chez le coiffeur, puis, après une douche, un deuxième. Je me sentais beaucoup mieux quand le téléphone sonna de nouveau.

— M. Macaulay est-il chez vous ? interrogea une voix de femme.

— Pas encore.

— Excusez-moi de vous déranger, mais voulez-vous être assez bon pour le prier d'appeler son bureau, dès qu'il arrivera : c'est très important.

Je promis.

Macaulay arriva dix minutes plus tard. C'était un grand type, aux cheveux frisés, au teint coloré, plutôt beau garçon, de mon âge — quarante et un ans — mais paraissant plus jeune. Il passait pour un excellent avocat. J'avais travaillé avec lui quand j'habitais New York et nous nous étions toujours parfaitement entendus.

Nous nous serrâmes la main, nous administrâmes quelques tapes dans le dos et il me demanda si les affaires marchaient.

— Pas mal, dis-je.

Je lui posai la même question, obtins la même réponse et lui dis qu'on le demandait à son bureau.

Il revint du téléphone, l'air soucieux, les sourcils froncés.

— Wynant est en ville, dit-il ; il voudrait me voir.

Je me retournai, un verre dans chaque main.

— Le déjeuner peut attendre…, dis-je.

— Wynant aussi, coupa Macaulay, en prenant le verre que je lui tendais.

— Il est toujours aussi cinglé ? demandai-je.

— Ce n'est pas une blague, répondit-il gravement. Savez-vous qu'il a passé près d'un an dans une maison de santé, en 29 ?

— Non ?

Il hocha affirmativement la tête, puis s'assit, posa son verre sur une table, près de lui, et se pencha vers moi.

— Qu'est-ce que Mimi peut bien comploter, Charles ? me demanda-t-il.

— Mimi ? Ah ! oui, sa femme ; son ex-femme plutôt. Aucune idée. Pourquoi comploterait-elle ?

— C'est son habitude, dit-il sèchement. (Puis, d'une voix lente, il ajouta) : Je croyais que vous étiez au courant.

C'était donc ça.

— Mac, répondis-je, je ne suis plus détective… depuis 1927.

Il me regarda, étonné.

— Sans blague, repris-je. Un an après mon mariage, mon beau-père est mort, laissant à Nora une scierie, avec une petite voie ferrée et quelques bricoles. J'ai liquidé l'agence pour diriger ces affaires. En tout cas, je n'aurais jamais travaillé pour Mimi Wynant, Jorgensen, ou autre, elle m'a toujours eu dans le nez et je le lui ai toujours bien rendu.

— Je ne pensais pas que…

Macaulay s'interrompit et saisit son verre. Puis il le reposa sur la table et dit :

— Je me demandais ; Mimi m'a téléphoné mardi pour me demander où était Wynant ; hier, Dorothy m'appelle à l'appareil disant que vous lui aviez donné mon adresse ; elle est venue me voir. Alors j'ai cru que vous étiez toujours en activité et je désirais savoir…

— Elles ne vous ont pas dit… ?

— Si. Elles voulaient le revoir en souvenir du bon vieux temps. C'est lourd de sens…

— Vous vous méfiez toujours, vous autres avocats. C'est peut-être vrai ; ça et la question finance. Mais pourquoi tant d'histoires ? Est-ce que Wynant se planque ?

Macaulay haussa les épaules.

— Vous en savez autant que moi, dit-il ; je ne l'ai pas vu depuis octobre.

Il but encore une gorgée.

— Combien de temps resterez-vous à New York ? demanda-t-il.

— Jusqu'au début de janvier, répondis-je.

Puis j'allai commander le déjeuner au téléphone.

CHAPITRE 3

Ce soir-là nous assistâmes, Nora et moi, à la première de *Honeymoon*, au Little Theatre, puis à une sauterie donnée par des gens qui s'appelaient Freeman, ou Fielding ; je ne sais plus. Le lendemain matin j'étais plutôt vaseux quand Nora me réveilla. Elle me tendit une tasse de café et un journal.

— Lis ça, dit-elle.

Je déchiffrai patiemment deux ou trois paragraphes, puis je posai le canard pour avaler une gorgée de café.

— Impayable, dis-je, mais je donnerais toutes ces salades sur les élections municipales de New York pour un bon whisk…

— Pas là, crétin ! fit Nora. Ici.

Elle posa son doigt sur un article.

LA SECRÉTAIRE D'UN INVENTEUR ASSASSINÉE CHEZ ELLE. LE CORPS DE JULIA WOLF EST DÉCOUVERT CRIBLÉ DE BALLES. LA POLICE RECHERCHE SON EMPLOYEUR : CLYDE WYNANT.

Le corps criblé de balles de Julia Wolf, trente-deux ans, secrétaire particulière de Clyde Wynant, l'inventeur bien connu, a été découvert hier, vers la fin de l'après-midi, dans l'appartement que la victime occupait au numéro 411 de la Cinquante-quatrième Rue, par Mme Christian Jorgensen, épouse divorcée de l'inventeur. Mme Jorgensen s'était rendue chez la secrétaire de son ex-mari pour lui demander son adresse actuelle.

Mme Jorgensen, qui est revenue lundi matin d'Europe, où elle a séjourné six ans, a déclaré à la police qu'elle avait entendu des gémissements à l'instant même où elle sonnait à la porte de Miss Wolf. Elle a aussitôt averti le garçon de l'ascenseur, Merwin Holly, qui a immédiatement prévenu M. Walter Meany, le gérant de l'immeuble. Miss Wolf était étendue sur le plancher de la chambre, la poitrine traversée de quatre balles de calibre 32. Elle est morte sans avoir repris connaissance, avant l'arrivée du médecin et de la police.

M. Herbert Macaulay, avocat de Wynant, a déclaré qu'il n'avait pas vu son client depuis le mois d'octobre. L'inventeur avait appelé Macaulay au téléphone, la veille du meurtre, lui demandant un rendez-vous auquel il n'était pas venu. L'avocat a déclaré qu'il ne connaissait pas la résidence de Wynant. Il savait que Miss Wolf avait été au service de l'inventeur pendant huit ans. Il ignorait tout de la famille et des affaires personnelles de la victime. Il pourrait s'agir d'un suicide. L'aspect même des blessures…

Le reste de l'article était consacré aux renseignements d'usage, fournis par la police.

— Penses-tu qu'il l'ait tuée ? demanda Nora quand je posai le journal.

— Wynant ? Ça ne m'étonnerait pas. Il est complètement sonné.

— Tu le connaissais ?

— Oui. Si on buvait un verre en attendant ?

— Comment était-elle ?

— Pas mal, jolie fille, pas bête et les nerfs solides. Elle avait besoin de ça pour vivre avec un phénomène pareil.

— Elle vivait avec lui ?

— Oui, mais donne-moi un verre, je t'en prie. C'est-à-dire qu'ils vivaient ensemble quand je les ai connus.

— Pourquoi ne déjeunes-tu pas avant de boire ? Est-ce qu'elle avait le béguin ou seulement…

— Je n'en sais rien. Il est trop tôt pour déjeuner.

Quand Nora ouvrit la porte pour quitter la chambre, Asta se précipita dans la pièce, posa ses pattes de devant sur le bord du lit et colla son museau contre le mien. Je lui grattai la tête, tentant de retrouver ce que Wynant m'avait dit une fois à propos des femmes et des chiens. Impossible de me rappeler de quoi il s'agissait, mais j'avais l'impression que la remarque était de circonstance.

Nora revint avec deux verres et une nouvelle question.

— Comment est-il ?

— Grand, plus d'un mètre quatre-vingts, et l'un des bonshommes les plus maigres que j'aie jamais vus. Il doit avoir cinquante ans, il avait déjà les cheveux tout blancs, quand je l'ai connu, toujours besoin d'aller chez le coiffeur, la moustache en bataille, et il se ronge les ongles.

J'écartai la chienne pour prendre mon verre.

— Joli portrait, dit Nora ; qu'est-ce que tu as à voir avec lui ?

— Un type qui travaillait pour Wynant l'a accusé de lui avoir volé une idée, une invention. Le type s'appelait Rosewater. Il a essayé de flanquer la trouille à Wynant en le menaçant de le descendre, de faire sauter sa maison, d'enlever ses gosses, d'étriper sa femme, je ne sais quoi encore, mais Wynant n'a pas marché. Nous n'avons jamais pu le pincer ; il a dû se tailler. En tout cas, les menaces ont cessé et rien ne s'est passé.

— Mais est-ce que Wynant avait réellement

volé cette invention ? demanda Nora, reposant son verre sur la table.

— Silence ! dis-je. C'est la veille de Noël, n'accusons pas notre prochain.

CHAPITRE 4

Dans l'après-midi, je sortis pour balader Asta ; j'expliquai à deux curieux que c'était une Schnauzer et non pas le résultat d'un croisement entre un terrier écossais et un irlandais, m'arrêtai chez Jim pour y siffler deux verres, y tombai sur Larry Crowley que je ramenai au Normandie. Nous trouvâmes Nora qui abreuvait de cocktails les Quinns, Margot Innes, un type dont je ne compris pas le nom et Dorothy Wynant.

Dorothy me dit qu'elle voulait me parler et nous nous transportâmes dans la chambre, avec nos verres.

— Croyez-vous que mon père l'ait tuée, Nick ? demanda-t-elle, sans préambule.

— Non, dis-je, pourquoi le croirais-je ?

— En tout cas, la police, elle... Voyons, elle était sa maîtresse, n'est-ce pas ?

— Oui, dis-je, du moins quand je les ai connus.

— C'est mon père, dit-elle, les yeux fixés sur

son verre. Je ne l'ai jamais aimé, ni lui ni maman.

Elle leva les yeux sur moi.

— Je n'aime pas non plus Gilbert, ajouta-t-elle. Gilbert était son frère.

— Ne t'en fais pas, dis-je. Beaucoup de gens n'aiment pas leurs parents.

— Vous, les aimez-vous ? demanda-t-elle.

— Mes parents ?

— Non, les miens. Et ne me parlez pas comme à une fillette de douze ans, ajouta-t-elle, les sourcils froncés.

— Ce n'est pas ça, dis-je, mais je commence à être un peu ivre.

— Je vois, dit-elle, alors ?

— Tu avais raison, dis-je, hochant la tête ; tu n'es qu'une enfant gâtée. Je pourrais m'en passer, si tu veux le savoir.

— Qu'est-ce qui vous prend ? interrogea-t-elle d'un ton sincèrement surpris.

— Des tas de choses. Ton...

Harrisson Quinn ouvrit la porte :

— Amène-toi, Nick, dit-il, viens faire un ping-pong.

— Tout à l'heure.

— Amène ta poupée aussi, ricana-t-il avant de refermer la porte.

— Je ne pense pas que vous connaissiez Jorgensen ? reprit Dorothy.

— Je connais un Nels Jorgensen.

— Il y a des gens qui sont vernis. Le nôtre, c'est Christian Jorgensen, un oiseau rare. C'est bien maman ! Divorcer d'un fou pour se coller avec un gigolo.

Elle s'interrompit, les yeux embués de larmes.

— Que vais-je faire, Nick ? dit-elle en ravalant un sanglot.

Elle parlait comme un gosse effrayé.

Je lui passai un bras autour des épaules et m'efforçai d'émettre quelques grognements réconfortants. Elle se mit à arroser le revers de mon veston. Le téléphone sonna. Dans le salon, la radio jouait *Rise and Shine*. Mon verre était vide.

Elle se remit à sangloter.

— Laisse-les tomber, dis-je enfin.

— On ne peut pas se laisser tomber soi-même, dit-elle.

— Je n'ai peut-être pas compris ce que tu voulais dire ! remarquai-je.

— Ne me faites pas marcher, dit-elle humblement.

Nora entra pour répondre au téléphone. Elle me regarda, les sourcils levés, d'un air interrogateur. Je lui clignai de l'œil par-dessus la tête de Dorothy. Quand Nora dit : « Allô ! », la petite sursauta, s'écarta d'un geste et rougit.

— Pardon, bégaya-t-elle… je… je… je ne…

Nora lui fit un sourire amical.

— Ne fais pas l'idiote, dis-je.

Dorothy tira son mouchoir et se tamponna les yeux.

— Oui, disait Nora au téléphone ; je vais voir s'il est ici. De la part de qui, s'il vous plaît ?

Elle mit une main sur le microphone.

— C'est un nommé Norman. Veux-tu lui parler ?

Je pris l'appareil.

— Allô ?

Une voix un peu rauque demanda :

— M. Charles ? Monsieur Charles, vous avez dirigé la Trans-American Detective Agency, n'est-ce pas ?

— Qui est à l'appareil ? demandai-je.

— Albert Norman, monsieur Charles, mais mon nom ne vous apprendra probablement pas grand-chose. J'ai une proposition à vous faire. Je suis sûr…

— Quel genre de proposition ?

— Je ne peux pas vous dire ça au téléphone, monsieur Charles, mais si vous voulez me recevoir et me consacrer une demi-heure, je vous promets…

— Je regrette, coupai-je, je suis très occupé…

— Mais, monsieur Charles, il s'agit…

Il y eut brusquement à l'autre bout du fil un bruit assez fort : une détonation ou bien le bruit de la chute d'un objet. Je répétai « Allô ! » trois ou quatre fois sans obtenir de réponse et raccrochai.

Nora avait traîné Dorothy devant une glace et lui refaisait une beauté.

— Encore un assureur ! dis-je ; et je passai dans le salon pour remplir mon verre.

Le nombre des invités s'était accru. Je parlai à plusieurs d'entre eux. Harrisson Quinn, en me voyant, se leva du canapé où il était assis près de Margot Innes.

— Et maintenant au ping-pong ! dit-il.

Asta me sauta dans les jambes. J'arrêtai la radio et me versai un cocktail. L'homme dont je n'avais pas retenu le nom disait :

— Quand viendra la révolution, on nous collera tous contre un mur !... pour commencer...

Cette perspective avait l'air de l'enchanter.

Quinn remplissait son verre. Il fit un signe de tête vers la porte de la chambre.

— Où as-tu déniché la petite blonde ? me demanda-t-il.

— Je l'ai fait sauter sur mon genou..., dis-je.

— Lequel ? demanda-t-il, on peut toucher ?

Nora et Dorothy sortaient de la chambre. J'aperçus un journal du soir posé sur la radio et le ramassai. Je lus en manchette :

JULIA WOLF ÉTAIT LA MAÎTRESSE D'UN GANGSTER. ARTHUR NUNHEIM IDENTIFIE LE CADAVRE. WYNANT TOUJOURS INTROUVABLE.

Tout près de moi, Nora murmura :

— Je lui ai demandé de rester à dîner ; sois gentil avec cette gosse (Nora a vingt-six ans), elle est sens dessus dessous.

— Comme tu voudras ! dis-je.

Je me retournai. Dorothy riait, écoutant Quinn.

— Mais si tu te mêles des histoires des autres, ne compte pas sur moi pour te dorloter si tu écopes.

— Ne t'en fais pas, répondit-elle. Tu es un vieux crétin et je t'adore. Ne lis pas ça ici.

Elle m'ôta le journal des mains et le fit disparaître derrière la radio.

CHAPITRE 5

Nora n'arrivait pas à s'endormir, ce soir-là. Elle lisait les mémoires de Chaliapine. J'étais sur le point de m'assoupir quand elle me réveilla en me demandant :

— Tu dors ?

Je répondis que je dormais.

Alors, elle alluma une cigarette qu'elle me tendit, puis une pour elle.

— Ça ne t'a jamais tenté de rejouer les limiers, dit-elle, juste pour te distraire, quand une affaire exceptionnelle se présente, comme le cas Lindb…

— Écoute, coupai-je. Wynant l'a descendue et les flics le coinceront bien sans moi. D'ailleurs, je m'en contrefous !

— Ce n'est pas ce que je voulais dire, reprit Nora, mais…

— Et puis je n'ai pas le temps, je suis bien trop occupé à veiller à ce que tu ne perdes pas le fric pour lequel je t'ai épousée.

Je m'interrompis pour l'embrasser en riant.

— Tu ne crois pas qu'on devrait boire un verre pour s'endormir ?

— Non, merci, dit-elle.

— Pour moi, j'ai l'impression que ça s'impose, insistai-je.

Quand je revins avec mon whisky-soda, Nora, les sourcils froncés, regardait fixement dans le vide.

— Elle est mignonne cette petite, dis-je, mais complètement tordue. C'est bien la fille de son père. On se demande si ce qu'elle dit correspond à ce qu'elle pense et si ce qu'elle pense correspond à la réalité. Je l'aime bien, mais j'ai l'impression que tu te laisses…

— Je me demande si je l'aime bien, moi, coupa Nora, pensive. C'est probablement une petite garce, mais si le quart de ce qu'elle raconte est vrai, elle est dans un sale pétrin.

— Moi, je ne peux rien pour elle, remarquai-je.

— Ce n'est pas son avis.

— Je sais, ni le tien ; ce qui prouve que, quoi qu'on pense, on trouve toujours quelqu'un pour vous soutenir.

Nora poussa un soupir.

— Si tu étais un peu moins noir, on pourrait peut-être discuter.

Elle se pencha et but une gorgée à mon verre.

— Je te donnerai tout de suite ton cadeau de Noël, ajouta-t-elle, si tu me donnes le mien.

Je secouai négativement la tête.

— Non, au petit déjeuner.

— Mais c'est déjà Noël, protesta-t-elle.

— Au petit déjeuner !

— Zut ! fit-elle, quoi que tu me donnes, j'espère bien que ça ne me plaira pas !

— En tout cas, il faudra que tu les gardes. Le type de l'Aquarium m'a formellement prévenu qu'il ne « les » reprendrait pas... Il a dit qu'ils avaient déjà arraché les queues des...

— Tu n'en mourrais pas de voir si tu peux l'aider. Elle a tant confiance en toi, Nick !

— Les Grecs inspirent confiance à tout le monde !

— Pardon ?

— Tu fourres toujours ton nez dans des histoires...

— Je voulais seulement te demander ceci : sa femme savait-elle que cette fille Wolf était sa maîtresse ?

— Je n'en sais rien. Elle ne pouvait pas la sentir.

— Comment est sa femme ?

— Je n'en sais rien ; comme les autres.

— Jolie ?

— Elle l'a été.

— Vieille ?

— Quarante, quarante-deux ; laisse tomber, Nora. Laissons les Charles à leurs affaires et les Wynant aux leurs.

— Peut-être qu'un verre ne me ferait pas de mal, dit-elle avec une moue.

Je me levai pour lui préparer un mélange. Quand je revins dans la chambre, le téléphone se mit à sonner. Je regardai ma montre sur la table de nuit : il était près de cinq heures du matin.

Nora parlait dans l'appareil.

— Allô, oui ! c'est moi.

Elle me jeta un regard de côté. Je fis non de la tête.

— Oui… mais certainement… oui… certainement.

Elle raccrocha et me fit un sourire.

— Tu es épatante, dis-je, qu'est-ce qui se passe ?

— Dorothy qui s'amène. Elle a l'air complètement noire.

— C'est parfait ! dis-je en attrapant ma robe de chambre ; je craignais d'être forcé de m'endormir !

À plat ventre sur le lit, Nora, penchée, cherchait ses mules.

— Vieux râleur, dit-elle, tu peux roupiller toute la journée.

Elle finit par trouver ses pantoufles et les enfila.

— Est-ce qu'elle a aussi peur de sa mère qu'elle veut bien le dire ? demanda-t-elle.

— Il y a de quoi ! répondis-je. Mimi est une garce !

Nora me regarda fixement, puis dit lentement :

— Toi, tu me caches quelque chose !

— Écoute, mon chou, dis-je, j'espérais pouvoir t'éviter ça. En vérité, Dorothy est ma fille. Je ne savais pas ce que je faisais ce soir-là, Nora. C'était le printemps... Venise... j'étais jeune... le clair de lune...

— Très drôle ! Tu n'as pas faim ?

— Ça dépend de toi. Qu'est-ce que tu aimerais ?

— Des sandwiches au filet de bœuf avec une platée d'oignons et du café.

Dorothy arriva pendant que je faisais ma commande à une boutique ouverte toute la nuit. Je la trouvai dans le salon, plus ou moins titubante.

— Je suis navrée, Nick, dit-elle, de vous raser comme ça, mais je ne peux pas rentrer à la maison dans cet état. J'ai la frousse ! Je vous en prie, ne m'y forcez pas.

Elle était saoule comme une grive. Asta lui flaira les chevilles.

— Chcht ! fis-je, tu es très bien ici. Assieds-toi. On va nous monter du café. Où as-tu ramassé cette muffée ?

Elle s'assit et secoua bêtement la tête.

— Je ne sais pas. J'ai traîné un peu partout, après vous avoir quittés. Regardez ce que j'ai dégoté.

Elle se releva et tira un vieil automatique de la poche de son manteau.

— Regardez ça ! dit-elle.

Elle brandissait l'arme dans ma direction. Asta, enchantée, frétillait et essayait de sauter après l'objet. Nora étouffa un cri, j'éprouvai une soudaine sensation de froid à la nuque. Puis j'écartai la chienne et attrapai l'arme.

— Qu'est-ce encore que ce numéro ? demandai-je. Assieds-toi donc.

Je fourrai le pistolet dans la poche de ma robe de chambre et repoussai Dorothy sur son siège.

— Ne me grondez pas, Nick ! gémit-elle. Vous pouvez le garder ; je ne veux pas faire de bêtises.

— Où as-tu pris ça ? demandai-je.

— Dans un *speakeasy* de la Dixième Avenue ; je l'ai échangé… contre mon bracelet d'émeraudes et de diamants.

— Et tu as dû regagner le bracelet à la passe anglaise, dis-je, il est toujours là.

— Tiens ! j'aurais pourtant cru…, dit-elle, considérant son poignet d'un air ahuri.

Hochant la tête, je regardai Nora.

— Ne la bouscule pas ! dit-elle.

— Il ne me bouscule pas, Nora, je vous assure,

dit vivement Dorothy. Il est le seul au monde à qui je puisse me fier.

Je songeai que ma femme n'avait pas touché à son scotch et passai dans la chambre où je vidai son verre. Quand je revins, Nora était assise sur le bras du fauteuil de Dorothy, un bras passé autour de ses épaules. Dorothy reniflait.

— Mais non, mon chou, disait Nora, Nick n'est pas en colère ! Il vous adore.

Elle leva les yeux vers moi.

— Tu n'es pas en colère, n'est-ce pas, Nicky ? demanda-t-elle.

— Non, un peu vexé, c'est tout, dis-je en m'asseyant. Où as-tu pêché ce pétard, Dorothy ?

— Un bonhomme me l'a donné… je vous l'ai déjà dit.

— Quel bonhomme ?

— Je vous l'ai dit… dans un *speakeasy* !

— Et tu lui as donné un bracelet en échange ?

— Je croyais, mais… regardez… je l'ai toujours.

— J'ai vu ça.

Nora tapota doucement l'épaule de Dorothy.

— Mais oui, mon chou, dit-elle, bien sûr que vous l'avez, votre bracelet.

— Quand le garçon amènera le café je vais le soudoyer pour qu'il reste dans le coin. Je ne veux pas me trouver seul avec deux…

Nora fronça les sourcils.

— Ne l'écoutez pas, dit-elle à la fille ; il a été comme ça toute la nuit !

— Il pense que je suis une petite imbécile complètement saoule !

Nora se remit à tapoter l'épaule de Dorothy.

— Qu'est-ce que tu voulais faire d'un pétard ? demandai-je.

Dorothy se redressa brusquement et fixa sur moi ses yeux noyés.

— C'est lui, murmura-t-elle ; s'il m'embêtait… j'avais peur parce que j'étais saoule, et puis j'ai eu la frousse de faire une bêtise… et je suis venue.

— Qui, lui ? Votre père ? demanda Nora, essayant de dissimuler sa curiosité.

La jeune fille secoua négativement la tête.

— Non, dit-elle, pas mon père. L'autre — mon beau-père.

Elle s'affala sur la poitrine de Nora.

— Oh ! fit Nora, pleine de compassion, mon pauvre petit !

Puis elle me lança un coup d'œil éloquent.

— Si on buvait ? dis-je

— Merci, dit Nora froidement, et je ne pense pas que Dorothy ait soif non plus.

— Si, répondis-je, ça l'aidera à roupiller.

Je lui versai une dose terrifiante de whisky et la lui fis avaler. L'effet fut radical. Elle en écrasait littéralement quand le café et les sandwiches arrivèrent.

— Tu es content, maintenant ? demanda Nora.

— Absolument ; si on la couchait avant de manger ?

Je la transportai dans la chambre où j'aidai Nora à la déshabiller. Elle était joliment bien roulée. Nous revînmes dans le salon pour manger. Je sortis l'automatique de ma poche et l'examinai. Il avait dû prendre plus d'un jeton, il y avait une cartouche dans le canon, une autre dans le chargeur.

— Qu'est-ce que tu vas faire de ça ? demanda Nora.

— Rien, jusqu'à ce que j'aie vérifié si c'est l'arme qui a tué Julia Wolf. C'est un calibre 32.

— Mais elle a dit…

— Qu'elle l'avait eu dans un *speakeasy* contre un bracelet. J'ai entendu, coupai-je.

Nora se pencha vers moi par-dessus son sandwich. Elle avait les yeux brillants, presque noirs.

— Crois-tu qu'elle le tient de son beau-père ?

— Absolument, répondis-je avec gravité — une gravité trop affectée.

— Tu n'es qu'un sale Grec pouilleux, dit Nora. C'est possible après tout, tu n'en sais rien. Et tu ne crois pas qu'elle ait dit la vérité ?

— Écoute, chérie, je t'achèterai demain matin une brassée de romans policiers, mais pour l'instant ne fatigue pas tes jolies petites méninges. Dorothy a simplement voulu dire qu'elle avait la trouille que Jorgensen n'essaye de la sauter à son retour et elle craignait d'être assez rétamée pour se laisser faire.

— Mais sa mère… !

— C'est une drôle de famille ! On ne peut…

Dorothy Wynant debout sur le seuil, dans une chemise de nuit trop longue, titubait en clignotant des yeux.

— Est-ce que je peux entrer ? demanda-t-elle. J'ai peur toute seule… Je vous en prie…

— Bien sûr !

Elle vint se blottir contre moi sur le canapé pendant que Nora allait chercher de quoi la couvrir.

CHAPITRE 6

Nous étions tous les trois en train de prendre notre petit déjeuner — au début de l'après-midi — quand les Jorgensen se firent annoncer. Nora répondit au téléphone et revint en tentant manifestement de dissimuler sa satisfaction.

— C'est votre mère, dit-elle à Dorothy. Elle est en bas. Je lui ai dit de monter.

— Merde ! fit Dorothy ; si j'avais su, je ne lui aurais pas téléphoné.

— On pourrait peut-être aller installer nos pénates dans les couloirs, observai-je.

— Il n'en pense pas un mot, dit Nora en tapotant doucement l'épaule de Dorothy.

La sonnette d'entrée vibra. J'allai à la porte.

Huit ans bien tassés n'avaient pas endommagé l'aspect de Mimi. Elle était plus mûre, plus épanouie, tout au plus. Elle était plus grande que sa fille et plus blonde.

— Joyeux Noël, s'écria-t-elle en riant et en me tendant les mains. Quel plaisir de te revoir après si longtemps. Je te presente mon mari. Chris ! M. Charles !

— Heureux de te revoir, dis-je à Mimi.

Je serrai la main de Jorgensen. Il paraissait plus jeune que sa femme — d'au moins cinq ans —, grand, mince, brun, tiré à quatre épingles, le cheveu flou et la moustache cirée. Il se plia jusqu'à la taille.

— Gomment allez-fous, monsieur Charles, dit-il, avec un pesant accent germanique.

Sa main était maigre et musclée.

Mimi, quand les présentations furent faites, pria Nora de l'excuser pour cet envahissement.

— Mais je désirais tant revoir votre mari, ajouta-t-elle ; et puis, le seul moyen d'amener cette écervelée de Dorothy quelque part, c'est de l'y traîner par la peau du cou.

Elle se retourna et sourit à sa fille.

— Tu devrais t'habiller, chérie, dit-elle.

Chérie, la bouche pleine, grogna qu'elle ne voyait pas pourquoi on gâcherait un après-midi à aller voir tante Alice, même le jour de Noël.

— Je parie que Gilbert s'est défilé, dit-elle.

Mimi s'extasia sur Asta et me demanda si j'avais la moindre idée de l'endroit où pouvait se trouver son ex-mari.

— Non, dis-je.

Elle continua à jouer avec la chienne.

— Il est fou ! absolument fou ! dit-elle. Disparaître dans des circonstances pareilles ! Pas étonnant que la police ait d'abord songé qu'il était mêlé à ce crime.

— Et que pense la police maintenant ? dis-je.

Elle leva les yeux vers moi.

— Tu n'as donc pas lu les journaux ?

— Non.

— C'est un certain Morelli, un gangster, qui l'a tuée. Il était son amant.

— L'a-t-on arrêté ?

— Pas encore, mais c'est lui le coupable. Je voudrais bien retrouver Clyde. Macaulay refuse de m'aider. Il dit qu'il ignore où il est ; c'est ridicule ! Il a une procuration générale signée de mon mari et je sais bien qu'ils sont en rapport constant. Crois-tu que ce Macaulay soit digne de confiance ?

— C'est l'avocat de Wynant, dis-je. Il n'y a aucune raison de se méfier de lui.

— C'est bien ce que je pensais.

Elle me fit une place près d'elle sur le canapé.

— Assieds-toi, dit-elle. J'ai un million de questions à te poser.

— Un whisky, d'abord ?

— Tout ce que tu voudras excepté un « flip » à cause de mon foie.

Quand je revins de l'office, Nora et Jorgensen éprouvaient mutuellement leur français. Dorothy mangeait gravement et Mimi jouait avec la chienne. Je distribuai les verres et m'assis près de Mimi.

— Ta femme est ravissante ! remarqua-t-elle.

— Je ne me plains pas, dis-je.

— Dis-moi la vérité, Nick : penses-tu que Clyde soit vraiment fou ? Je veux dire assez fou pour qu'il soit nécessaire d'intervenir ?

— Comment le saurais-je ?

— Je m'inquiète au sujet des enfants, dit-elle. Je n'ai plus rien à réclamer de mon mari, il a réglé tout cela au moment du divorce — mais les enfants ont encore des droits. Nous sommes absolument à sec ; s'il est fou, il va tout flanquer par les fenêtres, et laisser Dorothy et Gilbert sans un sou. Que dois-je faire ?

— Tu voudrais le faire enfermer ?

— N… non, dit-elle en hésitant, mais j'aimerais lui parler.

Elle posa une main sur son bras.

— T… tu pourrais le retrouver, murmura-t-elle.

Je secouai la tête.

— Tu ne veux donc pas m'aider, Nick ? Nous avons été de si bons amis !

Ses grands yeux bleus se faisaient doux et suppliants.

Dorothy, toujours assise devant la table, nous surveillait d'un air méfiant.

— Bon Dieu ! Mimi, dis-je, il y a à New York des centaines de détectives. Tu as l'embarras du choix. J'ai abandonné la profession.

— Je sais, fit-elle... Est-ce que Dorothy était très partie hier soir ?

— Peut-être l'étais-je moi-même, mais elle m'a paru normale.

— Tu ne crois pas qu'elle fera une jolie fille ?

— Je n'en ai jamais douté.

Mimi demeura quelques secondes pensive.

— C'est encore une enfant, Nick ! reprit-elle enfin. Voyons, Dorothy, si tu te préparais ?

La jeune fille maugréa de nouveau qu'elle ne voyait pas pourquoi elle irait gâcher un après-midi chez la tante Alice.

Jorgensen se tourna vers sa femme.

— Mme Charles a l'extrême amabilité de nous demander de ne pas...

— Mais oui, coupa Nora, pourquoi ne pas rester ? Nous allons recevoir tout à l'heure quelques amis, ce ne sera peut-être pas très amusant mais...

Elle agita son verre en guise de conclusion.

— Ce serait merveilleux, dit Mimi lentement, mais j'ai peur qu'Alice...

— Excusez-nous par téléphone ! suggéra Jorgensen.

— J'y vais ! dit Dorothy.

— Sois gentille ! avertit Mimi en hochant la tête.

Dorothy passa dans la chambre. Nora me regarda et cligna de l'œil. Je dus faire bonne figure. Je m'étais aperçu que Mimi nous observait.

— Tu ne tenais pas du tout à nous voir rester, n'est-ce pas ? demanda Mimi.

— Mais si, voyons ! répondis-je.

— Comme tu mens bien ! Tu aimais beaucoup cette pauvre Julia, n'est-ce pas ?

— En effet… « Pauvre Julia ! » est plutôt curieux, venant de toi.

Mimi posa de nouveau une main sur mon bras.

— Je sais, elle a brisé ma vie, murmura-t-elle, et je l'ai détestée ; mais il y a si longtemps ! Je ne lui en voulais plus quand je suis allée la voir vendredi. Je l'ai vue mourir, Nick ! Elle ne méritait pas cette mort, c'était horrible ! Je n'ai plus ressenti pour elle que de la pitié. Pauvre Julia ! c'est vrai.

— Je ne vois pas où vous voulez en venir, dis-je, les uns et les autres.

— Comment ça ? Est-ce que Dorothy a…

— C'est arrangé ! dit Dorothy en sortant de la chambre.

Elle embrassa sa mère sur la bouche et s'assit auprès d'elle.

Mimi tira son poudrier de son sac et regarda dans la glace si son rouge n'avait pas débordé.

— Tante Alice n'a pas renâclé ? demanda-t-elle.

— Non, c'est arrangé. Comment se débrouille-t-on pour boire ici ?

— On se lève, répondis-je, on s'approche de la table où sont les bouteilles et la glace et on se sert !

— Tu bois trop, chérie ! remarqua Mimi.

— Pas tant que Nick ! répliqua la jeune fille en se dirigeant vers la table.

Mimi hocha la tête.

— Ah ! ces enfants ! Alors, tu aimais bien Julia, non ?

— Vous avez soif, Nick ? cria Dorothy.

— Oui, merci !

Puis à Mimi :

— Exact, je l'aimais assez.

— Tu es toujours bigrement évasif ! soupira Mimi. Est-ce que tu l'aimais autant que… moi, par exemple ?

— Tu veux parler de ces deux ou trois après-midi que nous avons passés ensemble… à tuer le temps ?

Elle éclata d'un rire sincère.

— Encore une jolie réponse !

Elle se retourna vers Dorothy qui apportait des verres.

— Il faudra que tu déniches une robe de chambre de ce bleu-là, dit Mimi à sa fille. Ça te va très bien.

Je pris le verre que me tendait Dorothy et déclarai qu'il était temps que j'aille m'habiller.

CHAPITRE 7

Quand je sortis de la salle de bains, Nora et Dorothy étaient dans la chambre. Nora se coiffait. Dorothy, assise sur le bord du lit, examinait un de ses bas en transparence.

Nora m'envoya un baiser, dans la glace de sa coiffeuse. Elle semblait très heureuse.

— Vous aimez beaucoup Nick, n'est-ce pas, Nora ? demanda Dorothy.

— C'est un vieux Grec pouilleux, dit Nora, mais je m'y suis faite.

— Charles n'est pas un nom grec !

— C'est en réalité Charalambides, expliquai-je ; quand l'auteur de mes jours est venu aux États-Unis, le rond-de-cuir d'Ellis Island a prétendu que Charalambides était beaucoup trop long — trop difficile à écrire — et il a réduit le nom à celui de Charles. Mon père s'en fichait : on aurait bien pu l'appeler X, s'il l'avait fallu !

Dorothy me regarda fixement.

— Je ne sais jamais si vous mentez ou non, murmura-t-elle. Qu'est-ce que maman vous veut ? ajouta-t-elle en commençant à enfiler ses bas.

— Rien. Me tirer les vers du nez ! répondis-je. Elle voudrait bien savoir ce que tu as pu faire ou raconter hier soir.

— C'est ce que je pensais. Et vous avez répondu ?

— Que pouvais-je répondre ? Tu n'as rien dit ni rien fait.

Elle plissa le front et changea de sujet.

— Je ne savais pas qu'il s'était passé quelque chose entre vous et maman, dit-elle. C'est vrai que je n'étais encore qu'une gosse et que je n'aurais rien compris même si j'avais remarqué quelque chose. J'ignorais en tout cas que vous vous tutoyiez.

Nora se retourna en riant.

— On va tout savoir, dit-elle en agitant son peigne vers Dorothy. Continuez, mon chou.

— Mais… je ne savais rien ! dit gravement la jeune fille.

Je me mis à déplier une chemise propre.

— Et maintenant, que sais-tu ? dis-je.

— Rien, répondit-elle lentement, mais je devine.

Elle rougit et se pencha sur son bras.

— Comme tu veux, grommelai-je ; tu es une

gourde, mais ne prends pas cet air constipé. Si tu as l'esprit mal tourné ce n'est pas ta faute.

Elle leva la tête et se mit à rire.

— Vous croyez que je tiendrais de maman ?

— Ça ne m'étonnerait pas.

— Sincèrement ?

— Tu veux que je te dise non ? Alors, non !

— Et voilà le phénomène dont je me suis affligée pour la vie ! remarqua Nora. Il n'y a vraiment rien à en tirer.

Je fus prêt le premier. Quand je pénétrai dans le salon, Mimi était assise sur les genoux de Jorgensen.

— Qu'est-ce qu'on t'a donné pour Noël ? me demanda-t-elle en se levant.

— Nora m'a offert une montre, dis-je en l'exhibant.

— Et toi, marmonna-t-elle, après l'avoir admirée, que lui as-tu donné ?

— Un collier.

— Je peux ? dit Jorgensen, se levant et se dirigeant vers la table où se trouvait la bouteille.

La sonnette vibra. J'allais ouvrir aux Quinn et à Margot Innes et les présentai aux Jorgensen. Nora et Dorothy firent leur entrée et aussitôt Quinn accapara Dorothy. Larry Crowley arriva ensuite avec une fille nommée Denis, et quelques minutes plus tard M. et Mme Edge.

Je raflai trente-deux dollars à Margot au jacquet. La fille Denis dut aller s'allonger quelque temps sur notre lit. Alice Quinn, aidée de Margot, arracha son mari à Dorothy, vers six heures et l'emmena : ils étaient invités ailleurs. Puis les Edge s'en allèrent. Mimi enfila son manteau et poussa son mari et sa fille dans les leurs.

— Je m'y prends bien tard, s'excusa-t-elle, mais pourriez-vous venir dîner demain soir ?

— Avec plaisir, répondit Nora.

Nous nous congratulâmes et les escortâmes en échangeant des salamalecs.

Nora ferma la porte derrière eux et, tournée vers moi, s'appuya au battant.

— Bon Dieu ! dit-elle, quel beau gosse !

CHAPITRE 8

Avant de rentrer chez nous le lendemain — le surlendemain, vers quatre heures du matin —, nous fîmes un arrêt chez Reuben, pour y prendre un café. Nora ouvrit un journal et lut dans les potins de la ville :

Nick Charles, ex-as de la Trans-American Detective Agency, arrive de Californie pour enquêter sur la mort de Julia Wolf.

Cinq ou six heures plus tard, j'ouvris les yeux et m'assis dans mon lit. Nora me secouait violemment. Un bonhomme se tenait dans l'encadrement de la porte, un automatique à la main.

D'aspect jeune, basané, il avait la mâchoire large et les yeux rapprochés. Il portait un feutre et un pardessus noirs, un complet bien coupé, et des chaussures noires ; le tout semblait avoir été acheté dans le quart d'heure précédent. L'automatique, un 38 noir, ne menaçait personne.

— Il m'a forcée à lui ouvrir, disait Nora. Il prétend qu'il a…

— Je voudrais vous dire un mot, dit l'homme au pistolet. C'est tout.

Sa voix était basse, un peu rauque.

J'étais alors tout à fait réveillé ; je regardai Nora. Elle semblait nerveuse, mais pas effrayée ; elle avait l'air de surveiller un cheval sur lequel elle avait parié, en train de débouler le long de la ligne droite avec une courte tête d'avance.

— Vas-y, dis-je, mais inutile de garder ton joujou à la main. Ma femme s'en fout mais, moi, j'attends un bébé et je ne voudrais pas le voir naître avec…

Il fit un mince sourire.

— Je sais que t'es un dur, dit-il en empochant son pétard. On m'a parlé de toi. Moi, j'suis Shep Morelli.

— Je n'ai pas l'honneur…

Il fit un pas en avant.

— Ce n'est pas moi qui ai descendu Julia, dit-il en hochant la tête.

— Possible, mais tu te trompes de guichet. Je ne m'occupe pas de cette affaire.

— Je ne l'ai pas vue depuis trois mois, insista-t-il. C'était fini entre nous.

— Va raconter ça aux flics.

— J'avais aucune raison de lui en vouloir. On s'entendait très bien nous deux.

— Tant mieux ; mais je te répète que tu te trompes d'adresse.

— Écoute donc, fit-il, avançant d'un autre pas ; Studsy Burke m'a dit que t'étais réglo. C'est pour ça que je suis venu.

— Comment va Studsy ? Je ne l'ai pas vu depuis longtemps.

— Ça va. Il aimerait te voir. Il a une boîte dans la West Quarante-neuvième Rue : le Pigiron Club. Mais pourquoi la police croit-elle que j'ai tué Julia ? Qu'est-ce qu'ils me veulent, les flics, ils croient que c'est moi ou alors est-ce qu'ils veulent me coller un autre truc sur le dos ?

Je hochai la tête.

— Si je le savais, je te le dirais, répondis-je. Ne te laisse pas impressionner par les canards. Moi, je ne suis pas dans le coup. Demande aux flics.

De nouveau il ébaucha un sourire.

— Riche idée, dit-il, je pourrais pas en avoir de meilleure. J'ai expédié un inspecteur à l'hôpital pour trois semaines, à la suite d'une petite discussion, et les types seraient trop contents de m'avoir dans leurs pattes pour essayer leurs matraques sur mes arpions.

Il étendit le bras et ouvrit la main, paume en dessus.

— Je viens te voir parce que Studsy m'a dit que t'étais réglo. Tu l'es, non ?

— Tout ce qu'il y a de plus, assurai-je, si je savais quelque chose.

On frappa à la porte du couloir, trois fois, sèchement. Morelli avait tiré son automatique de sa poche avant même que le bruit eût cessé. Son regard fit rapidement le tour de la pièce.

— Alors ? fit-il d'une voix blanche.

— Aucune idée ! répondis-je en me redressant dans mon lit.

« C'est à toi qu'ils en veulent, continuai-je en désignant son arme dangereusement braquée sur moi. »

Le sang me battait aux tempes et j'avais les lèvres sèches.

— Il n'y a pas d'échelle d'incendie, dis-je en glissant un bras vers Nora, assise au bout du lit.

On tambourina de nouveau à la porte.

— Ouvrez. Police ! fit une voix forte.

Morelli se mordit la lèvre et ses yeux s'agrandirent.

— Salaud, dit-il doucement avec une sorte de commisération en faisant encore un pas vers moi.

Une clé tourna dans la serrure.

J'envoyai Nora rouler à terre en la frappant de la main gauche ; l'oreiller que je lançai en même temps de la main droite sur le pétard de Morelli me parut sans poids ; aussi inefficace qu'une boulette de papier. La détonation fut assourdissante. Je sentis un choc au côté gauche, plongeai à bas du lit et empoignai Morelli par la cheville en l'entraînant dans ma chute. Nous roulâmes l'un sur l'autre. Il se mit à me marteler le dos avec son pistolet, puis je me libérai une main et cognai aussi bas que je pouvais.

Des hommes entrèrent et nous séparèrent.

Nora mit cinq bonnes minutes pour revenir à elle. Elle s'assit sur le lit en se tenant la joue et regarda autour d'elle. Puis elle vit Morelli, menottes aux poings, debout entre deux inspecteurs. Il avait la gueule en compote. Les types l'avaient un peu travaillé, histoire de rigoler.

— Espèce de crétin ! dit Nora en se tournant vers moi, c'était bien la peine de me descendre ! Je savais bien que tu l'aurais, mais je voulais voir !

L'un des flics éclata de rire.

— Bon Dieu ! fit-il, admiratif, voilà une femme qui a du cran…

Nora sourit, se leva et me regarda.

— Nick, cria-t-elle, tu es…

— Ce n'est rien ! dis-je.

J'ouvris ce qui restait de ma veste de pyjama déchirée. La balle avait tracé un sillon d'une dizaine de centimètres sous mon sein gauche. Je saignais comme un bœuf, mais la blessure n'était pas profonde.

— Pas de veine ! dit Morelli. Un peu plus à gauche et ça y était.

Le flic qui avait admiré Nora, un colosse albinos d'une cinquantaine d'années, dans un complet gris fripé, fit taire Morelli d'un coup de poing.

Kayser, le directeur du Normandie, dit qu'il allait envoyer chercher un médecin et décrocha le téléphone. Nora courut chercher des serviettes dans la salle de bains.

J'en pliai une sur la blessure et je m'allongeai sur le lit.

— Ça va, dis-je, n'en parlons plus ; on verra quand le toubib sera là. Comment se fait-il que vous vous soyez amenés ici ? demandai-je aux policiers.

Celui qui avait assommé Morelli déclara :

— On savait que la famille Wynant venait souvent vous voir et on surveillait l'hôtel. Alors on s'est dit qu'on allait ouvrir l'œil au cas où il se montrerait. Ce matin, Mack, qui était de garde, a vu ce type-là entrer, il nous a passé un coup de fil ; on a pris Kayser au passage et on a grimpé jusqu'ici. Vous avez eu un sacré pot.

— Un sacré pot, oui ; sans vous je ne me serais peut-être pas fait canarder.

Les yeux aqueux et gris pâle se fixèrent sur moi avec méfiance.

— C'est un de vos copains ? demanda-t-il.

— Je ne l'ai jamais vu, répondis-je.

— Qu'est-ce qu'il voulait ?

— Me dire qu'il n'avait pas tué Julia Wolf.

— Et ça vous intéresse ?

— Non.

— Qu'est-ce qu'il croyait ?

— Demandez-lui, je n'en sais rien.

— C'est à vous que je le demande.

— Alors, continuez.

— Je vais vous demander autre chose, reprit le policier, c'est de porter plainte contre lui.

— Ça c'est une autre affaire et je réserve ma réponse. C'était peut-être un accident.

— Bien ! On a tout le temps. Je crois bien que je serai forcé de vous poser plus de questions que je n'aurais cru.

Il se tourna vers l'un de ses acolytes.

— On va fouiller la taule, dit-il.

— Pas sans mandat, répliquai-je.

— Que vous dites ! ricana-t-il. Allons-y Andy ; et ils se mirent au boulot.

Le docteur, un petit bonhomme insipide, entra, m'examina sans cesser de renifler, arrêta l'hémorragie et me fit un pansement. Rien de grave si je gardais le lit pendant un jour ou deux. Il n'eut pas droit à un seul mot d'explication et les flics lui interdirent de soigner Morelli. Il s'en alla plus insipide et plus vague que jamais.

Le colosse albinos en gris revint du salon, une main derrière le dos. Il attendit le départ du toubib et me demanda :

— Vous avez un port d'armes ?

— Non.

— Alors, qu'est-ce que vous faites de ça ?

Et il exhiba l'automatique que j'avais pris à Dorothy Wynant.

Je n'avais rien à répondre.

— La loi sur les armes prohibées, ça vous dit quelque chose ? reprit-il.

— Oui.

— Alors, vous savez ce qui vous attend ? C'est à vous ce pétard ?

— Non.

— À qui est-il ?

— Je vais essayer de m'en souvenir.

Il empocha l'arme et s'assit sur une chaise près du lit.

— Écoutez, monsieur Charles, dit-il, je crois qu'on fait fausse route tous les deux. Je ne veux pas être méchant avec vous et je ne pense pas que vous vouliez me la faire à l'estomac. Vous ne devez pas vous sentir dans votre assiette avec ce bobo dans les côtes, alors, je ne veux pas vous embêter plus longtemps ; reposez-vous. Un peu plus tard, on reprendra cette conversation.

— Merci, fis-je avec sincérité ; si nous buvions un coup ?

— Bien sûr, fit Nora qui se leva.

L'albinos la suivit des yeux et hocha la tête.

— Bon Dieu ! Vous êtes un veinard, vous !

dit-il d'un ton pénétré quand elle eut quitté la pièce, et il me tendit brusquement la main.

— Mon nom est Guild, déclara-t-il, John Guild.

— Vous savez le mien, répondis-je, lui serrant la main.

Nora revint avec un siphon, une bouteille de scotch et des verres. Elle en tendit un à Morelli, mais Guild l'arrêta.

— C'est bien gentil à vous, madame Charles, dit-il, mais la loi ne permet pas de donner à un prisonnier des boissons ou des médicaments qui ne sont pas ordonnés par un docteur. Pas vrai ? dit-il en se tournant vers moi.

J'acquiesçai. Nous bûmes tous en chœur. Puis Guild posa son verre vide sur le plateau et se leva.

— Faut que j'emmène ce joujou, dit-il, mais ne vous en faites pas. On aura tout le temps de reparler de ça quand vous irez mieux.

Il prit la main de Nora et s'inclina gauchement devant elle.

— J'espère que vous ne m'en voulez pas de ce que j'ai dit tout à l'heure. C'était seulement une façon de parler...

Nora a des sourires angéliques en réserve. Elle le gratifia du plus irrésistible.

— Vous en vouloir ? dit-elle, mais ça m'a beaucoup plu.

Elle ouvrit la porte aux flics qui emmenèrent leur prisonnier ; Kayser était sorti depuis quelques minutes.

— Charmant garçon ! dit-elle en revenant. Tu as très mal ?

— Non.

— C'est un peu ma faute, non ?

— Mais non ! Si on s'envoyait un autre verre ?

Elle m'en remplit un.

— À ta place, dit-elle, je me modérerais un peu ces jours-ci.

— Entendu, répondis-je ; mais je me taperais volontiers un petit casse-croûte. On va avoir la paix quelque temps. Tu pourrais peut-être faire ramener notre féroce molosse et prévenir le standard d'annuler les communications. On va avoir une meute de reporters sur le dos.

— Qu'est-ce que tu vas raconter à la police à propos du pistolet de Dorothy ?

— Je n'en sais fichtre rien.

— Dis-moi, Nick, ai-je été complètement idiote ?

— À peine, répliquai-je en hochant la tête.

Elle éclata de rire.

— Sale Grec pouilleux, me lança-t-elle ; puis elle alla décrocher le téléphone.

CHAPITRE 9

— Tu veux crâner, voilà tout, dit Nora. Et pourquoi ? Je sais bien que les balles ricochent sur toi. Inutile de me le prouver une fois de plus.

— Ça ne me fera pas de mal de me lever, protestai-je.

— Ça ne te fera pas de mal de rester au lit au moins une journée, répondit-elle ; le docteur a dit…

— Celui-là ! Si ce n'était pas un âne, il se guérirait de ses reniflements !

Je m'assis et posai mes pieds sur le tapis. Asta se précipita pour me lécher les orteils.

Nora m'apportait mes pantoufles et ma robe de chambre.

— C'est ça, Tarzan, lève-toi et pisse le sang sur les couvertures.

Je me soulevai avec précaution. Tout allait bien si je ne bougeais pas mon bras gauche et si j'évitais les cabrioles d'Asta.

— Sois raisonnable, dis-je. Je ne voulais pas m'embringuer dans cette histoire, mais maintenant je ne peux plus me défiler comme ça. Il va falloir que j'y fourre le nez.

— Si nous partions ? dit-elle. Allons passer une semaine ou deux à La Havane ou aux Bermudes, ou bien retournons en Californie.

— Il faudra tout de même raconter à la police une histoire au sujet de ce pétard. Suppose que l'on découvre que c'est l'arme du crime ? S'ils ne le savent pas déjà ! Ça ne traînera pas.

— Tu crois vraiment !...

— Simple supposition... Nous irons dîner là-bas ce soir et...

— Rien à faire ! Tu es complètement cinglé ! Si tu veux voir des gens, je les ferai venir ici.

— C'est tout différent, dis-je en l'enlaçant. Ne te frappe donc pas pour cette égratignure ; je ne sens plus rien.

— Tu crânes, répondit-elle. Tu veux montrer aux gens que tu es le genre de héros qui se rit des balles !

— Ne sois pas teigne !

— Je serai teigne si ça me plaît ; je n'ai pas envie de...

Je lui mis une main sur la bouche pour la faire taire.

— Il faut que je voie les Jorgensen ce soir, chez eux. Je veux aussi voir Macaulay et Studsy Burke.

On m'a trop asticoté jusqu'ici, je veux savoir de quoi il retourne !

— Tu es têtu comme une mule ! soupira Nora. Il n'est que cinq heures ; étends-toi au moins jusqu'à l'heure du dîner.

Je m'installai sur le canapé du salon. Nora fit monter les journaux du soir. Morelli, apparemment, avait tiré sur moi, deux balles, selon l'un des canards, trois d'après un autre — tandis que je tentais de l'arrêter pour le meurtre de Julia Wolf. J'étais à l'article de la mort, invisible, intransportable. Il y avait des tas de photos de Morelli et une autre de moi, vieille de treize ans, avec un feutre marrant, qui remontait à l'époque où j'étais sur l'explosion de Wall Street. Les nouvelles concernant la mort de Julia étaient vagues.

Nous étions en pleine lecture quand l'inévitable Dorothy Wynant arriva. Je l'entendais qui parlait à Nora, dans le couloir.

— On n'a pas voulu m'annoncer par téléphone, disait-elle ; alors je suis passée en douce. Ne me mettez pas dehors, je vous en prie, Nora, je vous aiderai à soigner Nick.

— Entrez, dit Nora, dès qu'elle put placer un mot.

Dorothy entra et fit des yeux ronds :

— Mais… mais…, bégaya-t-elle, les journaux disaient..

— Ai-je l'air assez mourant ? Qu'est-ce qui t'est arrivé ?

Sa lèvre inférieure était enflée et fendue, l'une de ses pommettes était meurtrie et l'autre zébrée de deux traces d'ongles. Ses yeux étaient rouges et gonflés.

— Maman m'a battue, dit-elle. Regardez !

Elle laissa tomber son manteau sur le tapis, dégrafa sa robe, sortit son bras droit de la manche et découvrit son dos. Le bras était couvert de bleus, son dos strié de traînées rouges. Elle se mit à pleurer.

— Vous voyez, gémit-elle.

— Pauvre chou ! dit Nora en la prenant dans ses bras.

— Pourquoi t'a-t-elle battue ? demandai-je.

Elle s'agenouilla près du canapé. Asta vint se pelotonner près d'elle.

— Elle a cru que j'étais venue… vous parler de papa et de Julia ! (Sa voix était entrecoupée de sanglots.) C'est pour cela qu'elle est venue aussi — pour savoir… Vous… vous lui avez laissé croire que vous ne vous intéressiez pas à cette histoire et elle s'est calmée. Puis, elle a vu les journaux ; alors elle a compris… elle a compris que vous aviez menti. Elle m'a battue pour me faire avouer ce que je vous avais dit.

— Qu'est-ce que tu lui as raconté ?

— Rien. Je ne pouvais rien dire. Je ne pouvais pas lui parler de Chris.

— Il était là ?

— Oui.

— Et il l'a laissée te taper dessus sans intervenir ?

— Mais il… il n'intervient jamais.

— Bon Dieu ! dis-je en me tournant vers Nora, sers-nous à boire.

Elle ramassa le manteau de Dorothy, le jeta sur une chaise et sortit.

— Laissez-moi rester ici, Nick. Je serai bien sage. Vous m'avez dit vous-même de les plaquer. Je ne peux aller nulle part, Nick ! Je vous en supplie.

— Doucement ! Il faut réfléchir à tout ça. J'ai aussi peur de Mimi que toi, tu sais. Qu'est-ce qu'elle imagine que tu m'as raconté ?

— Elle doit savoir quelque chose — à propos du crime — et s'imagine que je le sais aussi. Mais je ne sais rien, Nick, je le jure !

— Tout cela ne nous avance guère, dis-je. Écoute-moi, Dorothy, il y a des choses que tu sais et c'est par là que nous allons commencer. Ne me raconte pas de bobards ou… je ne joue plus !

— Je jure de tout vous dire ! déclara-t-elle en se signant.

— Parfait, buvons un coup.

Nous prîmes chacun un verre sur le plateau qu'apportait Nora.

— Tu lui as dit que tu filais pour de bon ? demandai-je après avoir bu.

— Non, je n'ai pas dit un mot, elle croit peut-être que je suis encore dans ma chambre.

— Tant mieux.

— Vous n'allez pas me renvoyer là-bas ?

— Elle ne peut pas rester dans une maison où on la bat ! intervint Nora par-dessus son verre.

— Silence ! je ne sais pas, dis-je. Je pensais que puisque nous dînions là-bas, il vaudrait peut-être mieux que Mimi ne sache pas.

Dorothy me regardait avec des yeux horrifiés.

— Si tu crois que tu m'amèneras là-bas, maintenant, fit Nora.

— Mais maman ne vous attend pas, dit Dorothy rapidement. Je ne sais même pas si elle sera là ; les journaux disaient que vous étiez mourant ; elle ne croit pas que vous viendrez dîner.

— Tant mieux, dis-je, ce sera une surprise !

Blême, elle approcha son visage du mien, renversant une partie du contenu de son verre sur ma manche.

— N'y allez pas ! s'écria-t-elle. Vous ne pouvez pas y aller ! Écoutez-moi. Écoutez Nora. C'est impossible ! N'est-ce pas, qu'il ne peut pas y aller, ajouta-t-elle, se tournant vers Nora.

Nora ne me quittait pas des yeux.

— Attendez, Dorothy, dit-elle. Il sait mieux que nous ce qu'il faut faire. Qu'est-ce qui se passe, Nick ?

— Je me tâte, dis-je en lui faisant une grimace ; si tu veux qu'elle reste ici, elle restera. Je pense qu'elle pourra coucher sur le canapé avec Asta. Mais pour le reste, fiche-moi la paix. J'ignore encore ce que je ferai, car j'ignore ce qu'on a voulu me faire. Il faut que je procède à une petite enquête, à ma façon.

— Nous ne nous en mêlerons pas, n'est-ce pas, Nora ? dit Dorothy.

Nora me regardait toujours sans rien dire.

— Où as-tu pris ce pistolet ? demandai-je à Dorothy, et pas d'histoires.

Elle rougit, passa sa langue sur ses lèvres sèches, s'éclaircit la gorge.

— Attention, dis-je. Si c'est encore un bobard, je téléphone à Mimi de venir te chercher.

— Laisse-la respirer, intervint Nora.

Dorothy toussota de nouveau.

— Puis-je vous raconter quelque chose qui m'est arrivé quand j'étais petite ?

— Est-ce que ça se rapporte au pistolet ?

— Pas exactement, mais vous comprendrez mieux…

— Une autre fois, coupai-je ; où as-tu pris le pétard ?

— Laissez-moi vous dire…

— Où l'as-tu pris ? répétai-je.

— Un homme me l'a vendu, dans un *speakeasy*, dit-elle d'une voix à peine audible.

— Je savais bien qu'on y arriverait, dis-je. Alors, continue. Quel *speakeasy* ?

Dorothy releva la tête.

— Je ne sais pas, dit-elle, quelque part dans la Dixième Avenue. Mais votre ami M. Quinn doit le connaître ; c'est lui qui m'y a amenée.

— Tu l'as vu ce soir-là après nous avoir quittés ?

— Oui.

— Pur hasard, sans doute ?

Elle me regarda d'un air de reproche.

— J'essaye de vous dire la vérité, Nick. J'avais promis de le rencontrer au Palma Club ; il m'avait donné l'adresse par écrit. Après vous avoir dit bonsoir, je l'ai rejoint là-bas et nous avons fait un tas de boîtes pour échouer finalement dans ce bar où j'ai eu le pistolet : un endroit terrible ! Vous pouvez lui demander si je n'ai pas dit la vérité.

— C'est Quinn qui t'a procuré le pistolet ?

— Non, il était cuit. Il s'était endormi la tête sur la table. Je l'ai laissé là. Ils m'ont dit qu'ils le ramèneraient chez lui.

— Et le pistolet ?

— J'y viens, dit-elle en rougissant. Il m'avait dit que l'endroit était un vrai repaire de tueurs. Alors, je lui ai dit : « Allons-y. » Quand il s'est endormi, j'ai parlé à un type avec une tête de bandit... j'étais fascinée... et, pendant tout ce temps, je pensais que je ne voulais pas rentrer à la maison, mais revenir chez vous, seulement je ne savais pas si vous voudriez de moi.

Dorothy était devenue écarlate et son embarras grandissant la faisait trébucher sur les mots.

— Alors, reprit-elle, je me suis dit que si je... que si vous pensiez que je m'étais mis dans de sales draps... et d'ailleurs, comme ça, j'aurais eu l'air moins stupide. Alors j'ai demandé à ce gangster s'il pouvait me vendre un pistolet ou me dire où je pourrais en acheter un. D'abord il a rigolé, mais je lui ai dit que c'était sérieux, alors il s'est levé en disant qu'il allait voir. Il est revenu en me disant que ça marchait et m'a demandé combien je pouvais mettre. Je n'avais pas beaucoup d'argent, mais je lui ai offert mon bracelet. Il a dû penser qu'il ne valait rien, il m'a dit qu'il fallait payer en espèces et je lui ai donné ce qui me restait — douze dollars ; je n'en ai gardé qu'un pour le taxi. Il m'a donné le pistolet ; je suis venue et je vous ai raconté que j'avais peur de Chris...

Elle avait précipité le récit de sa dernière phrase et s'interrompit avec un profond soupir, heureuse d'en avoir fini.

— Si je comprends bien, Chris ne t'a pas fait de propositions ?

— Si, dit-elle en se mordant la lèvre, mais sans insister.

Elle posa ses deux mains sur mon bras, son visage effleura le mien.

— Il faut me croire, Nick, murmura-t-elle. Je ne vous raconterais pas toutes ces choses vexantes, si ce n'était pas la vérité.

— Je préfère encore ne pas y croire, répondis-je. Douze dollars ; c'est pour rien ! Enfin, on va laisser décanter ça un moment. Tu savais que Mimi devait voir Julia cet après-midi-là ?

— Non. Je ne savais même pas que maman cherchait à retrouver mon père. Ils ne m'ont pas dit, ce jour-là, où ils allaient.

— Ils ?

— Oui. Chris est sorti avec elle.

— À quelle heure ?

Elle plissa le front.

— Pas loin de trois heures. Certainement après deux heures et demie. Je me rappelle, j'avais un rendez-vous avec Elsie Hamilton et je m'habillais en vitesse parce que j'étais en retard.

— Sont-ils revenus ensemble ?

— Je ne sais pas. Je suis rentrée après eux.

— Et il était ?

— Un peu plus de six heures. Nick, vous ne pensez pas qu'ils… Oh ! je me souviens qu'elle m'a dit quelque chose pendant qu'elle s'habillait. Chris lui parlait et elle m'a répondu : « Si je le lui demande, elle me le dira ! » avec son ton de reine mère.

— Qu'est-ce qu'elle t'a dit du meurtre ?

— Qu'elle l'avait trouvée simplement, qu'elle était sens dessus dessous ; elle a parlé de la police…

— Elle avait l'air vraiment secouée ?

— Non, un peu excitée seulement ; vous la connaissez.

Elle me considéra un moment en silence.

— Vous ne pensez pas qu'elle ait été mêlée à ce meurtre ? demanda-t-elle.

— Et toi, qu'en penses-tu ?

— Je n'y avais pas songé ; je pensais plutôt à mon père.

Elle fit une pause et reprit :

— S'il l'a tuée, c'est qu'il est fou. Mais elle supprimerait bien quelqu'un si elle en avait envie.

— Il n'est pas indispensable que ce soit l'un ou l'autre. La police a l'air d'avoir épinglé Morelli. Qu'est-ce que Mimi voulait à ton père ?

— Lui demander de l'argent. Nous sommes fauchés : Chris a tout dépensé. (Elle fit la moue.) Sans doute, on a dû tous s'y mettre, mais il a mis les bouchées doubles. Maman a peur d'être plantée là si elle manque d'argent.

— Comment le sais-tu ?

— Je les ai entendus discuter.

— Tu crois qu'il la plaquerait ?

— À moins qu'elle ne soit en fonds.

Je consultai ma montre.

— On reprendra la conversation à mon retour, dis-je. Tu peux rester ici ce soir. Installe-toi et fais-toi monter à dîner. Il vaut mieux que tu ne sortes pas.

Elle me regarda d'un air misérable et ne répondit pas.

— J'ignore ses intentions, Dorothy, dit Nora en lui caressant l'épaule, mais s'il croit que nous devons aller dîner là-bas, c'est que cela vaut mieux. Il ne…

Dorothy sourit et se releva d'un bond.

— Certainement, s'écria-t-elle. Je ne veux plus continuer à faire l'idiote.

Je téléphonai au bureau pour que l'on montât le courrier. Il y avait deux lettres pour Nora, une pour moi, des *christmas* en retard, dont un de Larry Crowley accompagné d'une charmante brochure intitulée : *Comment analyser vos urines à domicile* ; une liste d'appels téléphoniques et un télégramme de Philadelphie.

NICK CHARLES

The Normandie, New York

VEUILLEZ VOUS METTRE EN RAPPORT AVEC HERBERT MACAULAY POUR DISCUTER CONDITIONS ENQUÊTE SUR ASSASSINAT JULIA WOLF — STOP — J'ENVOIE À MACAULAY INSTRUCTIONS DÉTAILLÉES — STOP — CORDIALEMENT CLYDE MILLER WYNANT.

Je plaçai le télégramme dans une enveloppe avec quelques lignes expliquant que je venais de le recevoir et la fis porter à la Brigade criminelle.

CHAPITRE 10

— Es-tu vraiment assez bien pour aller là-bas ? me dit Nora dans le taxi.

— Tout à fait.

-- Tu es sûr de tenir le coup ?

— Sûr. Qu'est-ce que tu penses de l'histoire de la petite ?

Elle hésita.

— Tu n'y crois pas ? dit-elle.

— Non… tant que je ne l'aurai pas vérifiée.

— Tu en sais plus long que moi sur ce genre d'affaire mais, personnellement, je crois qu'elle essayait de dire la vérité, reprit Nora.

— Ceux qui essayent de dire la vérité racontent souvent les plus belles fariboles, dis-je. Ce n'est pas facile à faire quand on en a perdu l'habitude.

— Je parie que vous en savez long sur la nature humaine, monsieur Charles, observa-t-elle. Un de ces jours, il faudra que vous me racontiez vos aventures de détective.

— Acheter un automatique dans un *speakeasy*, pour douze dollars ! dis-je. Enfin…

Nous roulâmes quelques instants sans parler.

— Qu'est-ce qu'elle a cette petite ? demanda enfin Nora.

— Son vieux est dingo, répondis-je, alors elle se croit dingo elle aussi.

— Comment le sais-tu ?

— Tu m'interroges : je réponds.

— Tu veux dire que c'est une supposition ?

— Je veux dire que c'est ce qui cloche chez elle : j'ignore si Wynant est réellement cinglé et si la petite a hérité de lui, mais en elle-même Dorothy répond oui aux deux questions et c'est ça qui la fait dérailler.

Quand nous nous arrêtâmes devant le Courtland, Nora soupira :

— C'est terrible, Nick ! Quelqu'un devrait…

Je répondis que je n'en savais rien. Dorothy avait peut-être raison.

— C'est tout vu ; elle doit être en train de faire des costumes de poupée pour Asta, à l'heure qu'il est.

Nous nous fîmes annoncer par téléphone et, au bout d'un moment, on nous pria de monter. Mimi nous attendait sur le palier, devant l'ascenseur, les bras ouverts, prête à déverser un flot de paroles.

— Ces journaux grotesques ! cria-t-elle ; j'étais affolée à l'idée de te savoir mortellement blessé, Nick ! J'ai téléphoné deux fois : mais on n'a pas voulu me mettre en communication avec toi, ni me donner de tes nouvelles !

Elle m'avait pris les mains.

— Je suis si heureuse que tout cela ne soit que des bobards, Nick, nous allons dîner à la fortune du pot. Naturellement nous ne vous attendions pas ce soir… Tu es encore tout pâle ! As-tu vraiment été blessé ?

— Ce n'est rien, dis-je, une simple égratignure.

— Et tu es venu quand même ? C'est très flatteur, mais je crains que ce ne soit absurde.

Elle se tourna vers Nora.

— Êtes-vous sûre qu'il n'aurait pas mieux valu…

— Je ne suis sûre de rien, mais il a tellement insisté pour venir !

— Les hommes sont complètement idiots ! soupira Mimi en me passant un bras autour des épaules. Ou ils font des montagnes de rien, ou ils négligent froidement des choses qui… Enfin, entrez. Laisse-moi t'aider, Nick !

— Je n'en suis pas encore là ! protestai-je, mais elle insista pour m'amener jusqu'à un grand fauteuil où elle me matelassa avec une demi-douzaine de coussins.

Jorgensen entra, me serra la main et me félicita de ne pas être dans l'état auquel les journaux avaient fait allusion. Il s'inclina sur la main de Nora.

— Je vais terminer les cocktails, dit-il, excusez-moi une minute, je vous prie.

— Je ne sais pas où est Dorry, dit Mimi : elle doit bouder dans un coin. Vous n'avez pas d'enfants, n'est-ce pas ?

— Non, dit Nora.

— Vous ignorez de grandes joies, soupira-t-elle..., quoique ce soit parfois une rude épreuve. Sans doute ne suis-je pas assez sévère pour les miens. Quand je dois gronder Dorothy, elle a l'air de me regarder comme un monstre. Et voici l'autre rejeton, Gilbert ! Tu te souviens de M. Charles ?

Gilbert Wynant avait deux ans de moins que sa sœur. C'était un pâle galopin de dix-huit ans, blond, au menton fuyant et aux lèvres molles. Ses yeux bleus très grands, aux longs cils recourbés, lui donnaient un air efféminé. J'espérais qu'il n'était plus l'odieux petit braillard que j'avais connu !

Jorgensen entra avec ses cocktails. Mimi insista pour que je raconte la scène de l'agression. Je m'exécutai en minimisant encore l'importance de la chose.

— Mais pourquoi est-il venu ? demanda-t-elle.

— Dieu sait ! J'aimerais bien être fixé et la police aussi.

— J'ai lu quelque part, dit Gilbert, que, quand un criminel est accusé d'un méfait, même insignifiant, qu'il n'a pas commis, il est beaucoup plus troublé qu'une autre personne. Est-ce vrai, monsieur Charles ?

— C'est vraisemblable.

— Excepté, reprit Gilbert, quand il s'agit d'un crime important qu'il serait fier d'avoir commis.

Je répondis de nouveau que c'était vraisemblable.

— Ne te crois pas obligé de répondre à Gil s'il commence à débiter des âneries, Nick, dit Mimi, il a la tête farcie de lectures. Va nous préparer des cocktails, mon chéri.

Nora et Jorgensen choisissaient des disques dans un coin.

— J'ai reçu un télégramme de Wynant, dis-je à Mimi.

Son regard un peu anxieux se promena autour de la pièce, puis elle se pencha vers moi.

— Qu'est-ce qu'il dit ? murmura-t-elle.

— Il veut que je trouve l'assassin. Le télégramme a été envoyé de Philadelphie, cet après-midi.

Elle respirait bruyamment.

— Vas-tu accepter ?

— J'ai envoyé le télégramme à la police, dis-je en haussant les épaules.

Gilbert revenait avec le shaker. Nora et Chris avaient mis sur le phono une *Petite Fugue* de Bach. Mimi vida rapidement son verre et le fit remplir par Gilbert.

— Je voulais vous demander, dit-il en s'asseyant près de moi : peut-on reconnaître les drogués au premier coup d'œil ?

Il tremblait presque d'excitation.

— Rarement, pourquoi ?

— ... Je me demandais... Même s'ils sont complètement intoxiqués ?

— Plus ils le sont, plus il est facile de remarquer que quelque chose ne va pas, mais on est rarement certain qu'il s'agit de stupéfiants.

— Autre chose, dit-il. Gross écrit que lorsque l'on est frappé avec un couteau ou avec un poignard, l'on ne sent d'abord qu'un choc. Est-ce vrai ?

— Oui, si le coup est suffisamment fort et le poignard suffisamment aigu. Même chose pour une balle, on ressent d'abord comme un coup de poing, presque rien si c'est une balle à chemise d'acier de petit calibre ; la douleur vient quand l'air pénètre dans la plaie.

Mimi avala son troisième cocktail :

— Vous êtes absolument révoltants l'un et l'autre, dit-elle, surtout après ce qui est arrivé aujourd'hui à Nick. Essaye plutôt de retrouver ta sœur. Tu dois connaître certains de ses amis, téléphone-leur. Je pense qu'elle va rentrer, mais son absence me tracasse.

— Elle est chez nous ! dis-je.

— Chez toi ?

Peut-être sa surprise était-elle sincère.

— Elle est venue cet après-midi nous demander si elle pouvait rester quelque temps avec nous.

Mimi fit un petit sourire et hocha la tête.

— Ces enfants ! murmura-t-elle en souriant.

Puis son sourire disparut.

— Quelque temps ? reprit-elle.

Je fis oui de la tête.

Gilbert, qui attendait apparemment l'occasion de me poser une nouvelle question, se désintéressait de la conversation entre sa mère et moi.

Mimi sourit de nouveau.

— Je suis désolée que cette enfant soit venue te déranger, mais c'est un soulagement de savoir qu'elle se trouve là et non pas Dieu sait où. Elle aura fini de bouder quand tu rentreras. Veux-tu avoir la bonté de me la renvoyer.

Elle remplit mon verre.

— Vous avez été absolument charmants avec elle.

Je ne répondis pas.

— Monsieur Charles, commença Gilbert, est-ce que les criminels, je veux dire les criminels professionnels…

— La paix, Gilbert ! dit Mimi. Tu renverras Dorothy, n'est-ce pas, Nick ?

Elle était encore aimable, mais on sentait percer la reine mère de Dorothy.

— Elle peut rester, si elle veut, dis-je ; Nora l'aime beaucoup.

Mimi me menaça de l'index.

— Je ne veux pas que tu me la gâtes comme ça, dit-elle. Je suppose qu'elle t'a raconté toutes sortes de bêtises sur moi ?

— Elle a parlé d'une… correction.

— Et voilà ! dit Mimi tranquillement, comme si je lui apportais la preuve qu'elle attendait. Non, il faudra me la renvoyer, Nick !…, ajouta-t-elle.

Je vidai lentement mon verre.

— Alors ? fit Mimi.

— Elle peut rester avec nous si ça lui plaît, Mimi. Nous l'aimons bien tous les deux.

— C'est ridicule ; sa place est ici ; je veux qu'elle rentre. (Sa voix devenait plus âpre.) C'est encore un bébé. Tu ne devrais pas encourager de pareilles sottises !

— Je n'encourage rien dis-je : si elle veut rester, elle restera.

La colère donnait un éclat plaisant aux yeux bleus de Mimi.

— C'est ma fille, dit-elle, et elle est mineure ; tu as été très gentil pour elle, mais tu ne l'es pas pour moi. Si tu ne la renvoies pas, je prendrai les mesures nécessaires. Je préférerais ne pas me montrer désagréable, mais (elle se pencha vers moi et scanda les mots) elle re-vien-dra.

— Tu ne cherches pas la bagarre, Mimi ? demandai-je.

Elle me regarda comme si elle allait me dire : « Je t'aime », et murmura :

— Est-ce une menace ?

— Très bien, dis-je. Fais-moi arrêter pour enlèvement, séquestration et détournement de mineure, dis-je.

— Et dis à ta femme de ne pas serrer mon mari d'aussi près ! dit-elle brusquement avec une fureur contenue.

Nora, qui cherchait un disque avec Jorgensen, lui avait posé une main sur le bras. Ils se retournèrent étonnés.

— Nora, dis-je, Mme Jorgensen te prie de ne pas toucher son mari.

— Je suis désolée, dit Nora.

Elle sourit à Mimi, me regarda, arbora une expression d'anxiété parfaitement artificielle et d'une voix légèrement chantante, comme une élève récitant une fable, déclara :

— Oh ! Nick, comme tu es pâle ! Je suis sûre que tu as présumé de tes forces. Tu vas avoir une rechute. Excusez-nous, madame Jorgensen, mais je crois qu'il vaudrait mieux que je le ramène pour le mettre au lit. Vous nous excuserez, n'est-ce pas ?

Mimi répondit qu'elle nous excusait. Une exquise politesse se mit à régner dans la pièce.

— Alors, dit Nora, dans le taxi, que veux-tu maintenant ? Rentrer et dîner avec Dorothy ?

— Non, j'ai assez des Wynant pour le moment. Allons chez Max : j'ai envie de me taper une douzaine d'escargots.

— D'accord. Tu as appris quelque chose ?

— Rien.

— C'est une honte que ce type soit si beau, dit Nora.

— Comment est-il ?

— Une espèce de marionnette.

Nous dînâmes chez Max et rentrâmes au Normandie. Dorothy n'était plus là : je m'y attendais un peu.

Nora demanda le standard. Aucune note, aucun message n'avait été laissé.

— Et alors ? demanda-t-elle.

Il n'était pas dix heures.

— Ce n'est peut-être rien, dis-je, ou bien, qui sait ? Elle va peut-être débarquer vers trois heures du matin, rétamée, avec une mitrailleuse achetée au Monoprix !

— Qu'elle aille au diable ! dit Nora. Passe ton pyjama et couche-toi.

CHAPITRE 11

Ma blessure allait beaucoup mieux quand Nora me réveilla, le lendemain vers midi.

— Mon petit copain le flic voudrait te voir, dit-elle. Comment te sens-tu ?

— Mal. J'ai dû me coucher sans avoir bu.

J'envoyai promener Asta et me levai.

Guild, un verre à la main, m'accueillit au salon, la bouche fendue d'une oreille à l'autre.

— Eh bien ! Monsieur Charles, vous m'avez l'air en grande forme, ce matin ?

Je lui serrai la main, déclarai que je me sentais très bien et nous nous assîmes.

— Tout de même, dit-il en fronçant les sourcils, vous n'auriez pas dû me jouer un tour pareil…

— Un tour ?

— Et comment ! vous sortez faire des visites quand j'ai justement remis notre entretien pour ne pas vous fatiguer. Je pensais que vous me réserviez la priorité, si on peut dire.

— Je n'y ai pas pensé, dis-je, excusez-moi. Vous avez lu le télégramme de Wynant ?

— Vous pensez. On fait des recherches à Philly[1].

— Quant au pétard, commençai-je…

Il m'arrêta.

— Quel pétard ? Il y a longtemps que ça n'en est plus un ; le percuteur est foutu, le canon plein de rouille. Si quelqu'un s'en est servi depuis six mois, je suis le pape ! Ne perdons pas de temps à discuter de ce bout de ferraille.

J'éclatai de rire.

— Cela explique pas mal de choses, m'écriai-je. J'ai enlevé ce pistolet à un saoulard, qui prétendait l'avoir acheté dans un *speakeasy*, pour douze dollars. Je commence à voir clair.

— Un de ces jours on lui vendra l'hôtel de ville ! Dites donc, monsieur Charles, entre nous, vous travaillez sur l'affaire Wolf, ou non ?

— Vous avez lu le télégramme de Wynant ?

— Oui, alors vous ne marchez pas ?

— Je ne suis plus détective privé. Fini.

— Je sais, mais je maintiens ma question.

— Non.

Il réfléchit un instant.

— Alors, je vais modifier ma question : est-ce que l'affaire vous intéresse ?

1. Philadelphie.

— Oui, puisqu'il s'agit de personnes que je connais.

— C'est tout ?

— Oui.

— Et vous ne pensez pas travailler dessus ?

Le téléphone sonna. Nora se leva pour répondre.

— Très sincèrement, dis-je, je n'en sais rien. Si on continue à me provoquer, je ne vois pas encore jusqu'où ça va me mener.

— Je vois, fit Guild, hochant la tête. Inutile de vous dire que j'aimerais vous voir intervenir, du bon côté, s'entend !

— Vous voulez dire contre Wynant ? Est-il coupable ?

— Je n'en sais rien, monsieur Charles, mais il n'a pas l'air d'y mettre du sien pour nous aider.

— Téléphone, Nick, vint annoncer Nora.

Herbert Macaulay était à l'autre bout du fil.

— Allô ! Charles. Comment va la blessure ?

— Pas mal, merci.

— Pas de nouvelles de Wynant ?

— Si.

— J'ai une lettre de lui. Il dit qu'il vous a télégraphié. Êtes-vous assez bien pour…

— Oui, je suis debout ; si vous êtes à votre bureau, je ferai un saut en fin d'après-midi.

— Entendu… Je serai là jusqu'à six heures.

Je revins au salon. Nora était en train d'inviter Guild à déjeuner tandis que nous prendrions notre breakfast. Il accepta avec enthousiasme. Je réclamai un whisky. Nora alla commander les repas et remplir les verres.

— Une femme vraiment épatante, monsieur Charles, estima Guild en hochant la tête.

J'approuvai du chef.

— Supposons que les circonstances vous poussent dans cette affaire, comme vous dites, reprit Guild, je préférerais bigrement vous voir de notre bord.

— Moi aussi.

— Marché conclu, dit-il en rapprochant sa chaise. Ça m'étonnerait que vous vous souveniez de moi, monsieur Charles ; mais quand vous étiez ici dans le temps, je m'appuyais le trafic dans la Quarante-troisième Rue.

— C'est donc ça, dis-je en mentant poliment, je me disais bien que je vous avais vu quelque part ! C'est l'absence d'uniforme qui fait la différence.

— Faut croire. Dites, j'aimerais être sûr que vous ne me cachez rien sur cette affaire que nous ne sachions déjà.

— Ce serait sans le vouloir ; je ne sais pas grand-chose et j'ignore jusqu'où vous avez poussé votre enquête. Je n'ai pas vu Macaulay depuis le jour du meurtre et je n'ai pas suivi l'affaire dans les journaux.

Le téléphone sonna de nouveau. Nora nous distribua nos verres et alla répondre.

— Ce que nous savons n'a rien de mystérieux, dit Guild, et, si vous m'en donnez le temps, je vous dirai tout. (Il goûta son verre avec un petit signe de tête approbateur.) Mais je voudrais d'abord vous poser une question. Quand vous avez vu Mme Jorgensen, hier soir, vous lui avez parlé du télégramme de Miller Wynant ?

— Oui, et j'ai ajouté que je vous l'avais envoyé.

— Qu'est-ce qu'elle a dit ?

— Rien. Elle m'a posé des questions. Elle essaye de mettre la main sur son mari.

Guild ferma un œil à demi et pencha sa tête de côté.

— Est-ce qu'ils seraient tous les deux de mèche, à votre avis ?

Il leva la main.

— Comprenez-moi bien, ajouta-t-il, je ne vois pas pourquoi ils le seraient ; je vous pose simplement la question.

— Tout est possible, dis-je, mais je suis à peu près certain qu'ils ne sont pas d'accord.

— Vous devez avoir raison, reprit Guild, puis il ajouta d'un ton vague :

« Mais il y a pourtant un ou deux points délicats... (Il soupira) comme toujours... Bref, monsieur Charles, voilà ce que nous savons. Si vous pouvez me fournir un petit tuyau de temps en temps, ça me ferait rudement plaisir… Voyons… Vers le 3 octobre dernier, Wynant prévient Macaulay qu'il doit quitter New York pour un bout de temps. Il ne lui dit ni où il s'en va ni pourquoi, mais Macaulay a dans l'idée qu'il est parti travailler sur une invention ou un truc comme ça et qu'il veut avoir la paix. Julia Wolf, un peu plus tard, le confirme dans cette idée, et il se doute que Wynant a été se planquer quelque part dans les Adirondacks, mais, quand il lui pose la question, elle dit qu'elle n'en sait pas plus long que lui.

— Elle savait de quelle invention il s'agissait ?

Guild secoua négativement la tête.

— Non, dit-il. Pas d'après Macaulay, mais il devait s'agir d'un truc qui demandait de la place et des machines qui devaient coûter un max, puisque Wynant avait demandé à Macaulay de liquider pour lui des titres et de déposer le fric dans une banque.

— Macaulay a sans doute une procuration générale ?

— C'est ça. Et, écoutez donc, quand Wynant voulait de l'argent, il le voulait liquide.

— Il a toujours été un peu braque, remarquai-je.

— On dit ça, mais il me semble plutôt qu'il ne voulait pas se laisser pister ou reconnaître. C'est aussi pour ça qu'il n'a pas emmené la fille et qu'il ne lui a pas laissé son adresse, si elle a dit la vérité, et qu'il a laissé pousser son bouc.

Et de la main gauche il palpa une barbe imaginaire.

— Alors, il est monté dans les Adirondacks ? répétai-je.

Guild haussa les épaules.

— Je dis ça, parce que, avec Philadelphie, ce sont les deux seules pistes qu'on puisse suivre. Il est peut-être en Australie !

— Et combien voulait-il en argent liquide ?

— Je peux vous dire ça très exactement.

Il tira de sa poche une liasse de papiers crasseux, cornés et froissés, choisit une enveloppe un peu plus sale que le reste et rempocha les autres papiers.

— Le jour après sa discussion avec Macaulay, reprit Guild, il a retiré lui-même cinq mille dollars de la banque. Le 28 octobre, Macaulay touche encore cinq mille, et deux mille cinq cents le 6 novembre, mille le 15, sept mille cinq cents le 30, mille cinq cents le 6 décembre, mille le 18 et cinq mille le 22, la veille du jour où Julia Wolf a été tuée.

— Une trentaine de mille, en somme, dis-je, un joli compte en banque !

— Vingt-huit mille cinq cents exactement, répondit Guild en faisant disparaître l'enveloppe.

Mais tout cet argent n'est pas disponible à la banque. Après le premier prélèvement, Macaulay a vendu des titres à chaque coup pour alimenter le compte. J'ai vu la liste des trucs en question si ça vous intéresse ?

— Merci, non, dis-je. Comment faisait-il parvenir l'argent à Wynant ?

— Wynant écrivait à la fille ; elle demandait le fric à Macaulay. Il a des reçus signés d'elle.

— Et comment transmettait-elle le fric à Wynant ?

Guild hocha la tête.

— Elle avait prévenu Macaulay qu'il lui fixait des rendez-vous, mais il croit bien qu'elle savait où il était, bien qu'elle ait toujours prétendu le contraire.

— Peut-être avait-elle encore le dernier versement de cinq mille dollars quand elle a été tuée, non ?

— Alors le vol serait le mobile du crime, dit Guild en plissant les yeux ; à moins que Wynant ne l'ait descendue en venant chercher l'argent.

— Ou encore, suggérai-je, un autre type a pu la tuer, trouver le fric et penser qu'il ne serait pas plus mal dans sa poche.

— Oui, fit le policier, ces choses-là arrivent. Et même quelquefois la personne qui découvre le cadavre fait une petite fouille personnelle avant de donner l'alarme…

Il leva la main.

— Bien entendu ! s'écria-t-il, avec une dame comme Mme Jorgensen, j'espère que vous n'allez pas penser que…

— Elle n'était d'ailleurs pas seule ! interrompis-je.

— Pendant un moment, si ; le téléphone de l'appartement était détraqué et le liftier a ramené le gérant au rez-de-chaussée pour téléphoner de son bureau. Mais surtout pas de malentendus, je ne veux pas dire que Mme Jorgensen ait tripatouillé… Une dame comme elle ne…

— Qu'est-ce qui était arrivé au téléphone ?

On sonna à la porte.

— Eh bien ! dit Guild, je n'y pige pas grand-chose. L'appareil avait…

Il se tut : un garçon entra et commença à mettre la table.

— À propos de cet appareil, reprit Guild quand le garçon fut sorti, une balle avait fracassé le récepteur.

— Un accident ?

— Mystère ! C'était une balle de 32 comme celle qui avait tué la fille. Mais le type a-t-il commencé par la manquer, ou l'a-t-il fait exprès ? En tout cas, c'est un moyen plutôt bruyant.

— Au fait, demandai-je, personne n'a entendu les détonations ?

— Et comment ! fit-il d'un ton dégoûté, l'immeuble est bourré de types qui s'imaginent maintenant qu'ils ont entendu quelque chose. Mais ce jour-là ils n'ont pas bougé et il n'y en a pas deux qui soient d'accord.

— C'est toujours la même chose, dis-je.

— Je le sais bien, reprit Guild, la bouche pleine. Où en étais-je ? Ah ! oui, je parlais de Wynant. Il a donné congé de son appartement et a fourré tout ce qu'il possédait au garde-meuble. On a examiné tout ça, mais sans résultat ; rien qui puisse nous dire où il est passé et dans quelle intention. Même résultat dans son laboratoire de la Première Avenue. Il a été bouclé depuis son départ, excepté que Julia y allait une ou deux fois par semaine pour s'occuper du courrier. Celui qui a été reçu depuis qu'elle s'est fait descendre ne nous a rien appris de plus.

Il sourit en regardant Nora.

— Tout cela doit vous paraître bien embêtant, madame Charles.

— Ennuyeux ! protesta Nora. Vous ne voyez pas que je ne tiens pas sur ma chaise.

— D'habitude les dames préfèrent les histoires plus corsées (il toussota), un peu scabreuses, quoi. En tout cas, on n'a pas retrouvé Wynant. Il a téléphoné à Macaulay vendredi dernier, lui donnant rendez-vous à deux heures dans le hall du Plaza.

Macaulay n'était pas là, alors il a fait prendre le message.

— Macaulay était ici, dis-je, pour le déjeuner.

— Il m'a dit ça. Bref, Macaulay s'est amené au Plaza, vers trois heures. Pas de trace de Wynant dans le hall ni sur le registre. Il a essayé de le décrire avec ou sans barbe, mais personne ne se souvenait de l'avoir vu. Macaulay téléphone à son bureau : Wynant n'a pas donné signe de vie. Alors il appelle Julia Wolf qui prétend ignorer que Wynant soit à New York. Macaulay pense qu'elle ment. Il lui a remis la veille cinq mille dollars pour son patron et s'imagine qu'il est venu chercher le fric. Alors il raccroche et va à ses affaires.

— C'est-à-dire ? demandai-je.

Guild s'arrêta de mâcher.

— Ça ne ferait pas de mal de le savoir, dit-il, je m'en occuperai. Rien n'a l'air de le compromettre, mais il faut toujours mieux connaître les alibis des uns et des autres.

— Je ne vois rien qui le désigne plus qu'un autre, repris-je, mais il est l'avocat de Wynant, et il en sait probablement beaucoup plus long qu'il ne veut bien le dire.

— Sûr, fit Guild, je comprends ça, c'est son métier. Revenons à la jeune personne. Elle ne s'appelait peut-être pas Julia Wolf ; on n'a pas pu savoir au juste, mais on a quand même découvert que ce n'était pas le genre de souris à qui l'on pouvait confier le maniement de tout ce fric ; mais Wynant n'était peut-être pas au courant.

— Déjà condamnée ?

— À six mois, à Cleveland, sous le nom de Rhoda Stewart, pour abus de confiance, deux ans avant d'être engagée par Wynant.

— Croyez-vous que Wynant était au courant ?

— Aucune idée. Ça m'épaterait, étant donné tout le fric qu'il lui a laissé manipuler, mais on ne sait jamais. Paraît qu'il l'avait dans la peau ! Avec ça, elle courait pas mal avec Shep Morelli et sa bande.

— Vous avez une preuve contre Morelli ?

— Pas pour le meurtre de Julia, dit-il comme à regret, mais on le recherche pour deux ou trois autres petites choses.

Il fronça les sourcils.

— Je n'ignore pas que ces camés pourraient faire n'importe quoi, mais je voudrais bien savoir pourquoi il est venu vous voir.

— Je vous ai dit tout ce que je savais, répondis-je.

— Je n'en doute pas.

Il se tourna vers Nora.

— J'espère que vous ne vous figurez pas qu'on l'a tabassé, mais vous savez on est quelquefois forcé de…

Nora l'interrompit en disant qu'elle comprenait et lui servit du café.

— Merci, madame, fit Guild.

— Qu'est-ce qu'un camé ? demanda-t-elle.

— Un drogué.

Elle me regarda.

— Morelli était... ?

— Jusqu'à la moelle, dis-je.

— Pourquoi ne me l'as-tu pas dit ? protesta-t-elle. Je loupe toujours tout.

Elle s'éloigna pour répondre au téléphone.

— Allez-vous porter plainte contre lui ?

— Non, à moins que cela ne vous soit utile.

Il secoua la tête et me regarda curieusement.

— Non, nous en savons assez sur lui pour le moment.

— Vous me parliez de la fille, dis-je.

— Oui. Nous avons découvert qu'elle découchait tant et plus, parfois deux ou trois nuits de suite. Peut-être était-ce quand elle rencontrait Wynant ; on ne sait pas, mais on n'a rien pu trouver pour démolir l'histoire de Morelli qui prétendait ne pas l'avoir vue depuis trois mois. Qu'est-ce que vous en dites ?

— La même chose que vous. Il y a trois mois environ que Wynant est parti, répondis-je. Ça peut avoir un sens... ou le contraire.

Nora vint me dire qu'Harrisson Quinn me demandait au téléphone.

Il m'annonça qu'il avait vendu quelques titres pour mon compte.

— As-tu vu Dorothy Wynant ? demandai-je.

— Pas depuis que je l'ai vue chez toi, mais j'ai rendez-vous avec elle au Palma cet après-midi. Au fait, elle m'a dit de ne pas t'en parler. Et l'affaire sur l'or que je t'ai proposée, Nick ? Tu vas rater une belle occasion. Nous allons à l'inflation, paraît-il et ce sera un fait acquis dès la réunion du Congrès. Comme je te l'ai déjà expliqué la semaine dernière…

— Entendu, coupai-je ; achète-moi des Dome Mines à douze et demi.

Il se souvint alors brusquement d'avoir vu dans les journaux des détails sur ma blessure. Il fut très vague à ce sujet et parut se désintéresser de ma réponse.

— Pas de ping-pong avant quelques jours, alors, dit-il à regret. À propos, tu devais aller à une générale, ce soir ; si vous ne faites rien de vos cartes…

— Si, nous y allons, répondis-je, merci tout de même !

Il se mit à rire, me dit au revoir et raccrocha.

Un garçon emportait la table du déjeuner quand je revins au salon. Guild était confortablement installé sur le canapé, écoutant Nora.

— … obligés de partir chaque année pour Noël, parce que ce qui reste de ma famille fait un foin de tous les diables, il faut se faire et se rendre des visites de politesse à cette époque-là et Nick est furieux ! disait ma femme.

Asta se léchait les pattes dans un coin.

Guild regarda sa montre.

— J'abuse, dit-il, je n'avais pas l'intention…

— Nous en étions au meurtre, non ? coupai-je en m'asseyant près de lui.

— Tout juste (il s'enfonça dans les coussins), c'était le 23, un vendredi, un peu avant trois heures de l'après-midi puisque c'est à cette heure-là que Mme Jorgensen a trouvé Julia. Plutôt difficile de savoir depuis combien de temps la jeune fille était là en train de crever. Tout ce qu'on sait, c'est qu'elle a répondu au téléphone — qui fonctionnait — vers deux heures et demie quand Mme Jorgensen l'a appelée et elle était encore indemne vers trois heures quand Macaulay a téléphoné à son tour.

— J'ignorais que Mme Jorgensen avait téléphoné, dis-je.

— C'est un fait établi, dit Guild en se raclant la gorge. On ne se doutait de rien jusque-là, mais on a fait une petite enquête pour la forme, et l'on s'est aperçu que la standardiste du Courtland a inscrit la communication de Mme Jorgensen vers deux heures et demie.

— Qu'est-ce que Mimi a déclaré ?

— Elle a demandé à Julia où était Wynant. La fille Wolf a répondu qu'elle n'en savait rien. Elle n'en a pas cru un mot, et elle lui a demandé si elle pouvait passer la voir, et Julia a dit d'accord. Là-dessus elle s'est amenée. (Il fixa mon genou gauche d'un œil sévère.) Le personnel de l'immeuble ne se souvient pas d'avoir vu quelqu'un entrer ou sortir de chez Julia Wolf. Mais ça ne veut rien dire. L'arme n'a pas été retrouvée. Aucun signe d'effraction. Rien n'avait été dérangé dans la pièce. Julia portait une bague en diamants, qui valait bien quelques centaines de dollars. Son sac en contenait une trentaine. Les types de l'endroit connaissaient Wynant et Morelli ; mais ils déclarent n'avoir vu ni l'un ni l'autre depuis longtemps. La fenêtre sur l'escalier de secours était bouclée et l'escalier n'avait pas l'air d'avoir servi depuis un bout de temps.

Il étendit les mains, la paume vers le plafond.

— Je crois bien que c'est tout, conclut-il.

— Pas d'empreintes digitales ?

— Les siennes, celles des larbins. Rien d'intéressant pour nous.

— Aucun renseignement par les amis de Julia ?

— Elle n'avait pas l'air d'en avoir, pas d'intimes en tout cas.

— Et… comment déjà ? Ce Nunheim, celui qui l'a reconnue comme étant l'amie de Morelli ?

— Il la connaissait simplement de vue, il a reconnu sa photo dans les canards.

— Qui est ce Nunheim ?

— On le connaît bien ; c'est un type régulier.

— Vous ne me cachez rien, j'espère, dis-je, après m'avoir fait promettre que je vous dirais tout.

— Si vous le gardez pour vous, je peux encore vous dire que Nunheim travaille pour nous, de temps en temps.

— Ah !

Il se leva.

— Ça m'ennuie de vous dire ça, dit-il, mais nous n'en savons pas plus. Et vous, vous avez quelque chose à nous signaler ?

— Non.

Il me regarda calmement pendant un moment :

— Alors, qu'est-ce que vous en dites ?

— Cette bague, demandai-je, était-ce une bague de fiançailles ?

— Elle la portait à l'annulaire, en tout cas, répondit-il — puis après une pause : pourquoi ?

— Ça pourrait être intéressant de savoir qui la lui a offerte. Je vais voir Macaulay cet après-midi. S'il y a eu du nouveau je vous passe un coup de fil. On dirait bien que c'est Wynant qui… mais…

— Ouais…, grogna Guild, mais…

Il nous serra la pince à Nora et à moi et nous

remercia pour le whisky, le déjeuner, notre hospitalité, notre gentillesse, etc.

Puis il s'en alla.

— Je ne doute pas que ton charme ne suffise à tournebouler n'importe quel bonhomme, dis-je à Nora, mais j'ai l'impression que ce gars-là se fout de nous.

— Alors tu en es là, dit-elle. Jaloux des flics !

CHAPITRE 12

La lettre de Clyde Wynant à Macaulay était un fichu document. Horriblement mal dactylographiée sur du papier blanc sans en-tête et datée de Philadelphie, le 26 décembre 1932.

Cher Herbert,

Je télégraphie à Nick Charles qui, vous vous le rappelez sans doute, a travaillé pour moi il y a quelques années. Il est en ce moment à New York et je lui demande de se mettre en rapport avec vous au sujet de l'affreuse mort de Julia. Je désire que vous fassiez tout ce qui sera possible (ici une ligne avait été effacée par des x et des m et il était impossible de la déchiffrer) *pour le persuader de rechercher et de découvrir le meurtrier. Acceptez ses conditions, quelles qu'elles soient.*

Voici quelques détails qui pourront être utiles à Charles. Je ne suis pas d'avis qu'il en informe la police, mais il en fera à sa tête : je lui donne carte blanche, j'ai en lui la plus grande confiance.

Peut-être même serait-il préférable de lui montrer cette lettre que je vous demande de brûler ensuite.

Voici les faits.

Quand j'ai rencontré Julia, jeudi soir, pour qu'elle me remette les mille dollars que j'avais demandés, elle m'a averti qu'elle désirait me quitter. Elle a prétendu que son état de santé l'inquiétait et que son médecin l'avait engagée à se reposer, ce qu'il lui était possible de faire maintenant, puisque la succession de son oncle venait d'être liquidée. Elle ne m'avait jamais entretenu jusque-là de l'état de sa santé et je pensais qu'elle me cachait la vraie raison qui motivait son départ. J'ai vainement tenté de la faire parler, mais elle s'en tenait à sa première explication. J'ignorais que son oncle fût mort, à Chicago, son oncle John, disait-elle. Sans doute est-il possible de vérifier le fait. J'ai dû abandonner tout espoir de la faire rester et il a été entendu entre nous qu'elle quitterait son emploi à la fin du mois. Elle m'a paru anxieuse et effrayée malgré ses protestations. J'ai d'abord été contrarié de la voir me quitter, puis, à la réflexion, je me suis dit que je ne pourrais plus désormais avoir confiance en elle, puisque j'avais l'impression qu'elle mentait.

Je voudrais que vous disiez également à Charles que, quoi que l'on en puisse penser, Julia et moi (*avons* était légèrement raturé) *n'avions plus l'un et l'autre, au moment de sa mort, que des rapports d'employée à employeur, et cela, depuis plus d'un an d'un commun accord.*

D'autre part, j'aimerais qu'une enquête discrète soit menée pour tenter de découvrir la résidence et les faits et gestes de Victor Rosewater avec qui j'ai eu, il y a quelques années, les difficultés que vous savez. D'autant que les expériences que je poursuis actuellement ont quelque rapport avec l'invention dont il a réclamé les droits. Je crois que cet homme est assez fou pour avoir tué Julia si celle-ci a refusé de lui dire où j'étais.

Quatrièmement, et ceci est très important, *mon ex-femme a-t-elle rencontré Rosewater ? Comment a-t-elle appris que je poursuivais les expériences que j'avais entreprises jadis avec l'aide de Rosewater ?*

Cinquièmement, la police doit être convaincue sans retard que je ne puis rien lui apprendre sur l'assassinat de façon qu'elle ne tente pas de me retrouver — ce qui me gênerait extrêmement dans mon travail. Le moyen le plus efficace d'éviter toute enquête me concernant consiste donc à élucider le mystère de l'assassinat dès que possible.

Je resterai en rapport avec vous et si, entretemps, quelque circonstance fortuite nécessite de votre part une communication impérative, insérez dans le Times les trois mots suivants : Abner : Oui : Bunny.

Je ferai immédiatement le nécessaire pour communiquer avec vous. J'espère que vous comprenez toute l'importance qu'il y a à persuader Charles de s'occuper de cette affaire, puisqu'il connaît déjà Rosewater et la plupart des personnes qui y ont été mêlées.

Sincèrement vôtre

Clyde Miller Wynant.

— Voilà qui en dit long, dis-je en posant la lettre sur le bureau de Macaulay. Vous souvenez-vous de son accrochage avec Rosewater ?

— Il s'agissait d'une divergence d'opinion sur l'étude des cristallisations. Je puis vérifier, j'ai le dossier, répondit Macaulay, examinant, les sourcils froncés, le premier feuillet de la lettre.

» Wynant dit qu'elle lui a remis mille dollars ce soir-là et je lui en avais donné cinq mille pour lui ; c'est la somme qu'elle m'avait réclamée de sa part.

— Quatre mille dollars pour la succession de l'oncle de Chicago, suggérai-je.

— Ça m'en a tout l'air. C'est bizarre. Je n'aurais jamais cru qu'elle pourrait le rouler de cette façon. Il faudra que je vérifie pour les autres sommes que je lui ai versées.

— Saviez-vous qu'elle avait fait de la prison à Cleveland, pour escroquerie ?

— Non ! Vraiment ?

— D'après la police, oui. Sous le nom de Rhoda Stewart. Où Wynant l'a-t-il connue ?

— Aucune idée, dit-il en secouant la tête.

— Rien de ses origines, de ses parents ?

Il répéta son geste.

— À qui était-elle fiancée ?

— Je ne savais pas qu'elle le fût, répondit l'avocat.

— Elle portait une bague ornée d'un diamant à l'annulaire.

— Je l'ignorais, dit-il.

Il se mit à réfléchir, les yeux fermés.

— Non, reprit-il, je ne me souviens pas même d'avoir remarqué la moindre bague.

Il appuya les mains sur le bureau.

— En somme, y a-t-il quelques chances de vous décider à intervenir ?

— Très peu ! répondis-je.

— Je m'en doutais. (Il effleura la lettre du bout des doigts.) Vous comprenez dans quel état il est. Y a-t-il un moyen de vous faire changer d'avis ? Je ne... Est-ce que, si je pouvais le persuader de vous voir, en insistant...

— Je veux bien le rencontrer, dis-je, mais il faudra qu'il parle plus franchement qu'il n'écrit.

— Vous voulez dire qu'il est peut-être l'assassin ? demanda Macaulay lentement.

— Je n'en sais rien, répondis-je ; j'en sais moins que la police et ils n'ont pas réuni de preuves pour le coincer, ça ne fait pas un pli.

— Être avocat d'un piqué n'a rien de réjouissant, soupira Macaulay, je vais essayer de lui faire entendre raison, mais je sais bien qu'il m'enverra balader…

— Au fait, où en sont ses finances ? demandai-je. Est-il toujours aussi plein aux as qu'autrefois ?

— Presque. La crise l'a un peu touché, comme nous tous, mais ne l'a pas sérieusement affecté ; les droits qu'il touche pour son procédé de fonte des métaux ont dégringolé mais sa « glassine » et son procédé d'insonorisation lui rapportent encore de cinquante à soixante mille dollars par an, sans parler de…

Il s'interrompit pour demander brusquement :

— Est-ce que vous croyez qu'il n'est pas assez riche pour payer la somme que vous pourriez exiger ?

— Non, je me demandais simplement…

En fait, je pensais à tout autre chose.

— A-t-il des parents, en dehors de sa femme et de ses enfants ?

— Une sœur, Alice Wynant, qui ne lui a pas adressé la parole depuis quatre ou cinq ans.

Je supposai qu'il s'agissait de la tante Alice que les Jorgensen n'étaient pas allés voir l'après-midi de Noël.

— Pourquoi cette brouille ? demandai-je

— Wynant avait déclaré au cours d'une interview que le plan quinquennal soviétique n'était pas nécessairement voué à l'échec. Rien de plus.

Je me mis à rire.

— Quelle bande de…

— Oh ! elle le dépasse nettement. Elle n'est pas fichue de se souvenir de quoi que ce soit. Quand son frère a été opéré de l'appendicite, Alice et Mimi allaient le voir à la clinique. Du taxi elles ont aperçu un corbillard qui sortait de la cour de la clinique ; Alice est devenue verte, elle a attrapé Mimi par le bras en criant : « Oh ! mon Dieu ! J'espère que ce n'est pas… Comment s'appelle-t-il donc déjà ? »

— Où vit cette toquée ?

— Dans Madison Avenue. Vous trouverez son nom dans l'annuaire. (Il hésita.) Mais je ne crois pas…

— Je n'ai pas l'intention d'aller l'embêter…

La sonnerie du téléphone m'interrompit.

Macaulay avait pris le récepteur.

— Allô ! Oui… lui-même… Oh ! parfaitement.

Ses traits s'étaient subitement tendus et ses yeux élargis.

— Où ?… oui. Certainement. Ai-je le temps ?

Il consulta sa montre-bracelet.

— Entendu, je vous verrai à la gare.

Il raccrocha.

— C'est le lieutenant Guild, dit-il. Wynant a tenté de se suicider à Allentown, en Pennsylvanie.

CHAPITRE 13

Dorothy et Quinn étaient assis au bar quand j'entrai au Palma Club. Ils ne me virent pas jusqu'à ce que je fusse derrière eux.

— Salut ! bonnes gens ! fis-je.

Dorothy portait le tailleur bleu que je lui avais déjà vu depuis quelque temps.

Elle me regarda puis se tourna vers Quinn et rougit brusquement.

— Vous le lui avez dit ! fit-elle d'un ton de reproche.

— Elle me fait la tête, dit Quinn. Je t'ai acheté ces actions dont tu m'as parlé. Tu devrais en reprendre. Qu'est-ce que tu bois ?

— Un rose. Tu es une drôle d'invitée, dis-je à Dorothy. Tu as une façon de filer sans seulement laisser un mot !

Elle me regarda en face : les égratignures qui marquaient son visage avaient pâli ; ses lèvres étaient désenflées, l'ecchymose presque effacée.

— J'avais confiance en vous, dit-elle.

Elle avait l'air prête à sangloter.

— C'est-à-dire ?

— Vous le savez bien, reprit-elle. Même quand vous êtes partis pour dîner avec maman, j'avais confiance.

— Et pourquoi pas ? Elle a râlé tout l'après-midi, intervint Quinn. Ne la secoue pas !

Il posa une main sur celle de Dorothy.

— Allons, chérie… allons.

— Ah ! Fermez ça, coupa-t-elle en retirant sa main.

Puis, tournée vers moi :

— Vous comprenez parfaitement, dit-elle. Vous et Nora avez raconté des histoires sur moi à maman.

Je commençais à comprendre.

— Elle t'a dit ça et tu as marché ? demandai-je en riant. Au bout de vingt ans tu avales encore des bobards pareils ? Je suppose qu'elle t'a téléphoné aussitôt après notre départ ; nous avons eu un petit accrochage et nous avons filé presque tout de suite.

— Que je suis bête ! murmura-t-elle en baissant la tête.

Elle me saisit les mains.

— Alors il faut aller voir Nora immédiatement, s'écria-t-elle ; je dois m'excuser, je suis vraiment gourde, je ne l'aurais pas volé si…

— Bien sûr ! coupai-je, mais on a tout le temps ; buvons d'abord.

— Mon vieux Charles, dit Quinn, j'ai une sacrée envie de te serrer la pince. Tu as ramené le soleil dans l'existence de ce moineau…

Il vida son verre.

— Allons voir Nora, continua-t-il, la gniole est aussi bonne là-bas et on boit à l'œil.

— Pourquoi ne restez-vous pas ici ? dit Dorothy.

— Très peu pour moi, dit-il en rigolant. Vous pourrez peut-être décider Nick, mais moi je ne vous lâche pas, j'ai subi votre humeur de dogue tout l'après-midi et maintenant j'ai droit à un bain de soleil !

Quand nous arrivâmes au Normandie, nous trouvâmes Nora en compagnie de Gilbert Wynant. Il embrassa sa sœur, me serra la main, puis celle de Quinn — quand il eut été présenté.

Dorothy s'embarqua immédiatement dans une suite de longues et incohérentes excuses à l'égard de Nora.

— Assez ! Assez ! dit Nora ; je n'ai rien à vous pardonner. Si Nick vous a dit que j'étais fâchée, ou vexée, ou n'importe quoi, ce n'est qu'un ignoble Grec ! Passez-moi votre manteau.

Quinn mit en marche la radio. Au coup de gong il allait être exactement cinq heures trente et une minutes quinze secondes.

— Faites un peu le barman, dit Nora à Quinn, vous savez où est le poison !

Elle me suivit dans la salle de bains.

— Où l'as-tu ramassée ? me demanda-t-elle.

— Dans un bar. Et Gilbert, qu'est-ce qu'il fiche ici ?

— Il est venu pour voir sa sœur, qu'il dit ; elle n'est pas rentrée la nuit dernière. Il la croyait toujours ici, mais il n'a pas été étonné de ne pas la trouver. Il a dit qu'elle passait son temps à vadrouiller, que ça venait d'une fixation à la mère. Passionnant ! Il affirme que Stekel déclare que ces gens-là ont aussi des tendances à la kleptomanie. Il a laissé traîner des objets variés pour voir, mais elle n'a encore rien pris.

— Quel numéro ! A-t-il parlé de son père ?

— Non.

— Il ne sait pas, sans doute : Wynant a tenté de se suicider, à Allentown ; Guild et Macaulay sont sur les lieux. Je ne sais si je dois apprendre la nouvelle à ces gamins. Est-ce Mimi qui nous aurait envoyé Gilbert ?

— Je ne pense pas, fit Nora, mais si tu…

— Je me le demande aussi. Il est ici depuis longtemps ?

— Une heure environ. C'est un drôle de type. Il apprend le chinois et écrit un livre intitulé *Science et Croyance*… pas en chinois… et il adore Jack Oakie.

— Moi aussi. Tu n'es pas saoule, non ? demandai-je.

— À peine !

Nous regagnâmes le salon où Quinn et Dorothy dansaient sur *Eadie Was a Lady*.

Gilbert posa le magazine qu'il feuilletait et dit poliment qu'il m'espérait remis des suites de ma blessure. Je le rassurai.

— Je n'ai jamais été blessé, poursuivit-il ; j'ai essayé plusieurs fois de me faire du mal, mais ce n'est pas pareil. Cela me rendait nerveux et me faisait transpirer. Je n'y comprends rien, je suis si jeune, monsieur Charles. J'aimerais tant vous parler, vous poser des questions, sans personne pour nous déranger si ça ne vous ennuie pas trop…

— J'en serais très heureux. Quand tu voudras.

— Vraiment ? Ça n'est pas seulement par politesse ?

— Non, sincèrement. Mais qu'est-ce que tu veux savoir au juste ?

— Des tas de choses. Par exemple, l'anthropophagie — pas en Afrique ou en Nouvelle-Guinée, mais aux États-Unis. Est-ce qu'il y en a beaucoup ?

— Plus de nos jours, que je sache ! répondis-je.

— Il y en a donc eu ?

— À l'occasion, avant que la vie du pays fût stabilisée. Attends donc. Je vais t'en fournir un exemple.

J'allai tirer de la bibliothèque dans un coin du salon un volume des *Causes criminelles célèbres*, de Duke, déniché d'occasion par Nora chez un bouquiniste.

— Voilà, dis-je, ouvrant le livre à la bonne page, lis donc ça, il n'y en a pas plus de quatre pages :

COMMENT ALFRED G. PARKER, LE « MANGEUR D'HOMMES », TUA SES CINQ COMPAGNONS DANS LES MONTAGNES DU COLORADO, LES DÉVALISA ET DÉVORA LEUR CHAIR.

Tandis que Gilbert lisait, je me préparai un whisky et Dorothy cessa de danser pour venir me rejoindre.

— Vous l'aimez bien ? fit-elle en me désignant Quinn d'un mouvement de tête.

— C'est un brave type, répondis-je.

— Si l'on veut, mais il est vraiment bouché quand il s'y met. Vous ne m'avez pas demandé où j'avais passé la nuit dernière. Ça vous est égal, n'est-ce pas ?

— Ça ne me regarde pas.

— J'ai pourtant découvert quelque chose pour vous.

— Dis toujours.

— J'ai couché chez tante Alice. Elle est un peu toquée, mais si gentille. Elle m'a dit que mon père lui avait écrit aujourd'hui même, lui disant de se méfier de maman.

— De se méfier ? Comment ça ?

— Je ne sais pas, je n'ai pas vu la lettre. Tante Alice l'a déchirée. Elle était fâchée avec papa depuis des années. Elle dit qu'il est communiste et que les communistes ont tué Julia et tueront papa. Elle croit qu'il a divulgué un secret qui leur appartenait.

— Tu te rends compte ! fis-je.

— Ne m'en veuillez pas, dit-elle ; je vous répète ses paroles. Je vous ai prévenu : elle est cinglée.

— Elle t'a dit que ces fariboles étaient dans la lettre ?

— Non, dit Dorothy. Elle m'a seulement parlé d'un avertissement : si je m'en souviens bien, il lui disait de se méfier de maman et de ceux qui l'entourent ; ce qui nous vise tous…

— Tu ne te rappelles rien de plus ?

— C'est tout ce qu'elle m'a dit.

— D'où venait la lettre ?

— Tante Alice n'en savait rien ; en tout cas, c'était une lettre par avion.

— A-t-elle pris cet avertissement au sérieux ?

— Elle a crié que mon père était un extrémiste dangereux et que tout ce qu'il pouvait raconter ne l'intéressait pas.

— Et toi ?

Dorothy me regarda fixement pendant quelques secondes puis passa le bout de sa langue sur ses lèvres sèches.

— Je crois…, hésita-t-elle.

Gilbert, le livre à la main, venait vers nous ; il paraissait déçu.

— Oui, c'est intéressant, dit-il, mais ce n'est pas un cas pathologique, vous comprenez (il passa un bras autour de la taille de sa sœur), c'est plutôt une histoire de famine.

— Si tu prends tout ça au pied de la lettre…

— Qu'est-ce que c'est ? demanda Dorothy.

— Rien, répondit Gilbert, un truc dans ce bouquin.

— Raconte-lui l'histoire de la lettre, dis-je à Dorothy.

Elle répéta ce qu'elle m'avait dit. Quand elle eut fini, il fit une grimace d'impatience.

— C'est idiot, dit-il, maman n'est pas dangereuse. C'est une adolescente prolongée. Beaucoup d'entre nous ont un idéal ou une morale qui les dépasse. Maman est restée en arrière.

Il fronça les sourcils et rectifia sa pensée.

— Oui, après tout, elle pourrait être dangereuse, comme un gosse qu'on laisse jouer avec les allumettes.

Nora et Quinn dansaient.

— Que penses-tu de ton père, Gilbert ? demandai-je.

Il haussa les épaules.

— Je ne l'ai pas vu depuis que j'étais petit. J'ai ma théorie sur lui, mais je manque d'éléments sûrs. Je voudrais bien savoir surtout si…

— Il a essayé de se suicider aujourd'hui, interrompis-je, à Allentown.

— Ce n'est pas vrai ! cria Dorothy, d'une voix si aiguë que Nora et Quinn cessèrent de danser.

La jeune fille regarda son frère.

— Où est Chris ? demanda-t-elle.

Gilbert nous regarda tour à tour, rapidement.

— Idiote, fit-il froidement, tu sais bien qu'il est avec la petite Fenton.

Dorothy ne semblait pas convaincue.

— Elle est jalouse de lui, expliqua Gilbert. Toujours sa fixation à la mère.

— Est-ce que l'un de vous deux, demandai-je, a jamais vu le nommé Victor Rosewater, celui qui a voulu faire des ennuis à votre père ?

Dorothy secoua négativement la tête.

Gilbert dit :

— Non. Pourquoi ?

— Rien. Une idée : je ne l'ai jamais vu non plus, mais son signalement correspond étonnamment à celui de Chris Jorgensen !

CHAPITRE 14

Ce soir-là nous assistâmes, Nora et moi, à la première du Radio City Music Hall. Au bout d'une heure nous en avions plein le dos, et sortîmes.

— Où va-t-on ? demanda Nora.

— Je m'en fous. Veux-tu voir le Pigiron Club dont nous a parlé Morelli ? Je crois que Studsy Burke t'amuserait ! Ce type a été un perceur de coffres de première. Il se vante d'avoir défoncé celui de la prison de Hagerstown où il faisait trente jours pour coups et blessures.

— Allons-y ! dit-elle.

Nous gagnâmes la Quarante-neuvième Rue et, après avoir questionné deux chauffeurs de taxi, un vendeur de journaux et un policeman, nous finîmes par trouver la boîte. Le portier répondit qu'il ne connaissait pas de Burke, mais qu'il allait voir. Un instant plus tard, Studsy parut à la porte.

— Comment ça va, Nick ? fit-il. Entre donc.

C'était un bonhomme athlétique, de taille moyenne, un peu épaissi, mais encore solide. Il devait avoir la cinquantaine, mais paraissait bien dix ans de moins. Le visage large, grêlé, d'une laideur sympathique, le cheveu rare et incolore, un front étroit que la calvitie même ne paraissait pas élargir. Il avait une voix basse, un peu sourde.

Je lui serrai la main et le présentai à Nora.

— Ta bourgeoise ! s'exclama-t-il, tu te rends compte ! Alors vous allez goûter mon champagne ou ça ira mal.

Je l'assurai que ça irait très bien et nous entrâmes. La boîte avait un petit air à la fois luxueux et négligé. C'était une heure creuse. Deux ou trois clients seulement. Nous nous assîmes à une table, dans un coin et Studsy donna au garçon des instructions détaillées à propos du champagne. Puis il me considéra longuement sans rien dire.

— Le mariage t'a fait du bien, conclut-il, se grattant le menton. Ça faisait un bout de temps qu'on ne t'avait vu.

— Un bon bout de temps, approuvai-je.

— Il m'a eu, fit Studsy, tourné vers Nora, il m'a envoyé à l'ombre !

— Était-il bon détective ? demanda-t-elle avec un petit rire.

Studsy plissa son embryon de front.

— On dit ça, mais je n'en savais trop rien. Quand il m'a eu c'était un coup de pot…

— C'est toi qui m'as expédié cette brute de Morelli ? demandai-je.

— Tu connais tous ces étrangers, grogna-t-il, des hystériques. Je ne savais pas qu'il allait s'emballer comme ça. Il râlait parce que la police voulait l'accuser du meurtre de cette poule… Julia Wolf. Là-dessus on a vu dans le journal que tu t'occupais de l'affaire, alors j'ai dit comme ça à Morelli : « Va donc voir Nick si t'as envie de causer à quelqu'un, c'est un type réglo, qui ne te fera pas de vacheries. » Alors il est parti. Qu'est-ce que tu lui as fait, des grimaces ?

— Non, il s'est fait repérer par la police et il a cru que je l'avais « donné ». Comment m'a-t-il trouvé ?

— Oh ! il a des copains et tu ne te planquais pas, non ?

— Non, mais je ne suis ici que depuis quelques jours, et aucun journal n'a donné mon adresse.

— Tiens ! fit Studsy, intéressé, et où crèches-tu maintenant ?

— San Francisco, dis-je. Comment m'a-t-il déniché ?

— Une chouette ville ! Ça fait un bail que je n'y ai mis les pieds… Faut lui demander, Nick, c'est lui que ça regarde.

— Excepté que c'est toi qui me l'as envoyé.

— C'est juste, excepté ça, mais je voulais te faire un peu de publicité.

— Trop bon, dis-je.

— Si je pouvais me douter… Il ne t'a pas trop amoché, au moins ?

— Non, mais je m'en serais passé et…

Je m'interrompis. Le garçon arrivait avec le champagne. Nous le goûtâmes et le déclarâmes excellent. En réalité il était ignoble.

— Tu crois qu'il a tué la fille ? demandai-je à Studsy.

— Zéro, affirma-t-il en secouant la tête avec décision.

— Il a la détente facile pourtant ! fis-je remarquer.

— Je sais, ces corniauds-là sont tous hystériques, mais il a passé toute cette journée-là ici.

— Tout le temps ?

— Tout le temps. Il y avait une petite fête au premier et je suis sûr qu'il n'a pas bougé de là-haut ; il peut le prouver… sans blague…

— Alors, qu'est-ce qui le tracassait ?

— Est-ce que je sais ! Tu connais ces corniauds-là.

— Oui, oui, murmurai-je : des hystériques. Il n'aurait pas envoyé un de ses copains rendre visite à Julia ?

— Je crois que tu te goures sur son compte, dit Studsy. Je connaissais la poule, elle est venue ici quelquefois avec lui, mais ça n'avait rien de sérieux ; il ne l'avait pas assez dans la peau pour avoir l'idée de la buter. J'te jure.

— Elle ne se dopait pas, non ?

— Sais pas. Je l'ai peut-être vue en prendre une ou deux fois, mais ça devait être pour lui faire plaisir.

— Qui voyait-elle ici, en dehors de Morelli ?

— Personne, répondit Studsy d'un air indifférent. Il y avait bien un nommé Nunheim qui semblait avoir le béguin, mais je crois qu'il en a été pour ses frais.

— Alors, c'est comme ça que Morelli s'est procuré mon adresse ?

— T'es pas fou ! Non, Morelli ne l'aime pas et mettra à profit la première occasion de le « sonner ». Pourquoi que Nunheim aurait parlé aux flics, c'est un de tes copains ?

— Je ne le connais pas, répondis-je après avoir réfléchi, mais j'ai entendu dire qu'il jouait les indicateurs de temps à autre.

— Tiens, tiens ! Merci toujours.

— Merci pour quoi ? Je n'ai rien dit !

— Assez pour moi, merci. Et maintenant, dis donc, qu'est-ce que c'est que toutes ces salades ? Wynant a-t-il tué cette fille ou quoi ? demanda-t-il.

— On le dit, mais je parie deux contre un qu'il est innocent.

Il hocha la tête.

— Je ne parie pas avec toi pour un truc de ta partie, dit-il en souriant. Mais je vais te dire sur quoi je risquerais bien quelques dollars. Tu te souviens quand tu m'as coffré, de notre petit match exhibition ? Je me demande si tu m'aurais aussi facilement maintenant. Un de ces jours, si tu te sens d'attaque…

— Non, coupai-je en riant, je ne suis plus en forme.

— Moi aussi, vieux, je prends du ventre, insista-t-il.

— D'ailleurs, ajoutai-je, c'était du chiqué… Tu n'étais pas dans ton assiette…

— Toi, tu veux me passer de la pommade, murmura-t-il ; enfin si tu te dégonfles, laisse-moi remplir vos verres.

Nora déclara qu'elle voulait rentrer tôt et qu'elle ne voulait pas se saouler. Nous quittâmes Studsy et son Pigiron un peu après onze heures. Il nous accompagna jusqu'à un taxi et nous pompa vigoureusement la main.

— Ça m'a fait bigrement plaisir de vous revoir, dit-il.

Nous lui rendîmes ses politesses et partîmes.

Nora trouvait Studsy formidable.

— Je n'ai pas compris la moitié de ce qu'il a dit, fit-elle remarquer.

— C'est un brave type, dis-je.

— Tu ne lui as pas dit que tu avais lâché le métier.

— Il aurait cru que je voulais lui bourrer le crâne, expliquai-je ; pour un type comme lui, quand on est détective, c'est pour la vie, et je préfère mentir que de le lui laisser croire que je mens. En tout cas, il a confiance en moi. Donne-moi une cigarette.

— Est-ce que tu disais la vérité en prétendant que Wynant n'avait pas tué Julia ?

— Je ne sais pas : c'est mon impression.

Un télégramme de Macaulay m'attendait au Normandie :

INDIVIDU N'EST PAS WYNANT ET N'A PAS TENTÉ DE SE SUICIDER.

CHAPITRE 15

Le lendemain matin, je fis venir une sténo et mis à jour le courrier que j'avais laissé s'accumuler. Je parlai par téléphone à notre avocat de San Francisco — nous voulions éviter la faillite de l'un de nos gros clients. Puis je passai une heure à travailler à un plan de réduction d'impôts et vers deux heures je me sentais la conscience en repos de l'homme d'affaires qui vient d'expédier un boulot monstre. Je considérai la journée comme bouclée et partis retrouver Nora pour le déjeuner.

Elle avait un bridge pour le même après-midi.

Je passai voir Guild avec qui j'avais, le matin, parlé au téléphone.

Nous nous serrâmes la main.

— Ainsi, c'est une fausse alerte ? dis-je, après m'être installé dans un fauteuil.

— Absolument. Le type n'avait rien à voir avec Wynant. Vous savez comment ça se passe : nous avions prévenu la police de Philadelphie qu'il avait envoyé de là-bas un télégramme, et nous avions radiodiffusé son signalement. Pendant une semaine tous les échalas à moustaches de l'État de Pennsylvanie se sont appelés Wynant. Le type en question est un certain Barlow, un charpentier ; il a été attaqué par un type qui voulait le dévaliser.

— Il aurait pu être blessé par quelqu'un qui aurait fait la même erreur que la police.

— Vous voulez dire qu'on l'aurait pris pour Wynant ? Possible, mais cela ne nous aide pas.

— Est-ce que Macaulay vous a parlé de la lettre qu'il a reçue ? demandai-je.

— Oui, mais il n'a rien dit de son contenu.

Je lui racontai ce que je savais à propos de Rosewater.

— Tiens ! fit-il, c'est intéressant.

Je lui parlai ensuite de la lettre reçue par la sœur de Wynant.

— Il écrit beaucoup, remarqua Guild.

— J'y ai pensé, répondis-je.

Et je lui expliquai que le signalement de Victor Rosewater, à quelques détails près, coïncidait avec celui de Chris Jorgensen.

Guild se renversa dans son fauteuil.

— C'est un plaisir de vous entendre, fit-il, continuez.

— J'ai fini mon rouleau..., dis-je.

Il leva la tête et fixa le plafond.

— Il y a du travail en perspective, murmura-t-il.

— Ce type d'Allentown a été blessé par un 32 ? demandai-je.

Guild me regarda curieusement pendant quelques secondes, puis hocha la tête.

— Non, un 44. Vous avez une idée en tête ?

— Non, je cherche simplement à bâtir le décor.

— Je vois, dit-il.

Et il s'absorba de nouveau dans la contemplation du plafond.

— L'alibi de Macaulay est vérifié, fit-il au bout d'un moment, changeant brusquement de sujet de conversation. Il était en retard à un rendez-vous et nous savons pertinemment qu'il était dans le bureau d'un certain Hermann, dans la Cinquante-septième Rue entre trois heures cinq et trois heures vingt, c'est-à-dire pendant la période de temps qui nous intéresse.

— Pourquoi trois heures cinq ?

— C'est juste, vous ne savez pas… Parce que nous avons retrouvé un nommé Caress, teinturier First Avenue, qui a téléphoné à Julia à trois heures cinq, pour lui demander si elle avait du travail à lui confier. Elle a dit qu'elle allait partir en voyage. Il faut donc situer la période intéressante entre trois heures cinq et trois heures vingt. Vous ne soupçonnez pas sérieusement Macaulay ?

— Je soupçonne tout le monde, répondis-je ; où étiez-vous vous-même entre trois heures cinq et trois heures vingt ?

Il éclata de rire.

— En fait, dit-il, je suis le seul qui n'ait pas un alibi facilement vérifiable : j'étais au cinéma.

— Tous les autres ont un alibi ? demandai-je.

Il fit oui de la tête.

— Jorgensen a quitté le Courtland, avec sa femme, à trois heures moins cinq. Il a filé retrouver, dans un appartement de la Soixante-treizième Rue, une fille, Olga Fenton, et il est resté avec elle jusqu'à cinq heures — nous avons promis de ne rien dire à Mme Jorgensen. Nous connaissons l'emploi du temps de cette dernière. Dorothy, qui s'habillait quand sa mère est partie, a pris un taxi à trois heures et quart et a rejoint une amie au Bergdorf-Goodman. Le fils était à la bibliothèque publique.

— Bon Dieu ! il lit de drôles de bouquins !

— Morelli était dans un bistrot de la Quarantième Rue. (Il se mit à rire.) Et vous, où étiez-vous ?

— Je garde mon alibi pour la bonne bouche, répondis-je. Aucun de tous ceux-là ne paraît inattaquable, mais c'est normal : les vrais alibis ne le sont jamais. Et Nunheim ?

Guild sursauta.

— Pourquoi Nunheim ? dit-il.

— J'ai entendu dire qu'il avait un faible pour la fille.

— Qui vous a dit ça ?

— On me l'a dit.

Il fronça les sourcils.

— De source sûre ?

— Oui.

— Celui-là, fit Guild lentement, nous pouvons vérifier clairement son emploi du temps. Mais pourquoi vous inquiéter de tous ces gens-là ? Vous ne croyez pas Wynant coupable ?

Je lui proposai le pari offert la veille à Studsy.

— Deux contre un !

Il y eut un long silence.

— C'est une idée ! après tout, grogna-t-il. Quel est votre candidat ?

— Je n'en suis pas encore là ! répondis-je. Ne confondons pas ; je ne dis pas que Wynant est innocent ; je prétends que tout ne le désigne pas comme coupable certain.

— Et vous le prenez à deux contre un !

— Disons que c'est une intuition si vous voulez. Mais…

— Je ne veux rien du tout. Je pense que vous êtes un as et suis prêt à vous écouter.

— J'ai surtout des questions à poser, dis-je, par exemple : combien de temps s'est-il écoulé entre le moment où l'ascenseur a déposé Mme Jorgensen devant la porte de Julia et l'instant où Mimi a sonné pour prévenir qu'elle entendait des gémissements ?

Guild se mordit les lèvres et commença :

— Vous croyez qu'elle...

Mais il n'acheva pas.

— Pourquoi pas ? Je voudrais aussi savoir où était Nunheim. J'aimerais connaître les réponses aux questions posées dans la lettre de Wynant ; savoir où sont passés les quatre mille dollars, différence entre la somme payée à Julia par Macaulay et celle remise à Wynant ; je voudrais aussi apprendre d'où venait la bague de fiançailles.

— Nous faisons de notre mieux ! répondit Guild ; quant à moi, j'aimerais savoir pourquoi, s'il n'est pas coupable, Wynant ne vient pas lui-même répondre à toutes ces questions.

— Peut-être pense-t-il que Mme Jorgensen aimerait le faire boucler dans un cabanon, remarquai-je. À propos, Macaulay est l'avocat de Wynant ; j'espère que vous ne l'avez pas cru sur parole quand il a déclaré que son client et le type d'Allentown n'avaient rien de commun.

— Non. Il était plus jeune que Wynant, les cheveux à peine grisonnants, non teints et sans ressemblance avec les photos que nous avions emportées. Avez-vous quelque chose de particulier à faire cet après-midi ?

— Non.

— Parfait, dit-il en se levant. Alors, je vais mettre quelques-uns de mes hommes sur les pistes dont nous venons de parler et nous pourrons peut-être sortir et faire quelques visites.

— Entendu ! approuvai-je.

Et Guild sortit du bureau.

Un numéro du *Times* était jeté dans la corbeille à papier. Je l'ouvris à la page des petites annonces. J'y trouvai l'insertion signalée par Macaulay :

Abner — Oui — Bunny.

Quand Guild revint, je lui demandai :

— A-t-on enquêté sur le personnel qu'employait Wynant à son laboratoire ?

— Ils ne savent rien, répondit-il ; ils ont été remerciés le jour de son départ ; ils sont deux, et ils ne l'ont pas revu depuis.

— À quoi travaillent-ils ?

— Quelque chose comme une peinture inaltérable. Je n'en sais pas plus. On peut pousser l'enquête de ce côté-là, si vous le désirez.

— Non. C'est sans importance. Était-ce une grosse affaire.

— Assez importante, à mon avis. Pourquoi ?

— Rien de particulier. Mais il faut tout envisager.

— Très bien, dit Guild. Allons-y.

CHAPITRE 16

— Pour commencer, dit Guild, dès que nous eûmes quitté son bureau, nous allons aller voir Nunheim. Il doit être chez lui : je l'ai prévenu de ne pas bouger avant mon coup de téléphone.

Nunheim habitait au quatrième étage d'une bâtisse humide, sombre, malodorante et secouée par les grondements du métro aérien de la Sixième Avenue.

Guild frappa à la porte.

Il y eut à l'intérieur un bruit de pas précipités, puis une voix demanda :

— Qui est là ?

C'était une voix d'homme nasillarde et irritée.

— John ! dit Guild.

La porte fut ouverte par un petit homme maigre et pâle ; trente-cinq à trente-six ans, vêtu d'un pantalon bleu, d'un maillot de corps et d'une paire de chaussettes de soie noire.

— Je ne vous attendais pas, lieutenant, gémit-il, vous aviez dit que vous téléphoneriez.

Il paraissait avoir peur. Ses yeux sombres étaient petits et très rapprochés ; sa bouche aux lèvres minces, grande et molle ; son nez très long et tombant.

Guild me toucha le coude et nous entrâmes. Par une porte ouverte à gauche, nous aperçûmes dans une pièce un lit défait. Nous étions dans un living-room crasseux et en désordre. Des vêtements, des journaux et des assiettes sales traînaient partout. À droite, dans une sorte d'alcôve-cuisine, entre un évier et un poêle, se tenait une femme, avec, à la main, une casserole dans laquelle du beurre fondu crépitait. Elle était grande, fortement charpentée, opulente, avec des cheveux d'un roux ardent ; trente ans au plus ; belle, d'une beauté brutale et négligée. Elle portait un kimono rose avachi et des mules éculées, dont les pompons pendaient lamentablement. Elle nous jeta un regard méfiant.

Guild ne me présenta pas à Nunheim et feignit de ne pas remarquer la présence de la femme.

— Asseyez-vous, me dit-il, poussant lui-même un tas de vêtements pour se faire une place au coin du canapé.

J'enlevai une pile de journaux posés sur un fauteuil et je m'assis, imitant Guild qui avait gardé son chapeau.

Nunheim s'approcha de la table et prit une bouteille qui contenait un fond de whisky. Il poussa deux verres dans notre direction.

— Vous prenez un verre ? dit-il.

Guild fit la grimace.

— Cette saloperie ! Merci ! grogna-t-il. Pourquoi m'as-tu dit que tu ne connaissais la fille Wolf que de vue ?

— C'est la vérité, lieutenant, je vous le jure.

Par deux fois le petit homme avait jeté vers moi un regard furtif.

— Je lui ai peut-être adressé la parole une ou deux fois, reprit-il, mais c'est tout, je peux vous le jurer.

Dans l'alcôve, la femme ricana et tourna vers nous un visage qui n'avait rien d'engageant.

Nunheim se leva.

— Ça va, ça va ! fit-il d'une voix blanche, fourre ton sale nez dans mes affaires, tu vas y laisser deux ou trois dents.

Elle lui lança la casserole à la tête. Le projectile le manqua de peu et alla s'écraser sur le mur. Du beurre fondu et des jaunes d'œufs s'étalèrent sur le parquet, les meubles et le papier du mur.

Nunheim se rua sur elle. Je n'eus qu'à tendre la jambe, il s'étala par terre. La femme avait saisi un couteau à découper.

— Arrêtez les frais ! cria Guild qui n'avait pas bougé ; nous sommes venus pour discuter, pas pour voir le Grand-Guignol. Lève-toi et tiens-toi tranquille.

Nunheim se releva lentement.

— Elle me rend cinglé quand elle boit, grogna-t-il ; elle m'a cherché toute la journée.

Il se mit à secouer la main droite.

— Je crois que je me suis esquinté le poignet ! dit-il.

La femme traversa la pièce sans nous regarder et pénétra dans la chambre dont elle claqua la porte.

— Si tu courais pas après toutes les bonnes femmes, dit Guild, tu aurais moins d'histoires avec celle-ci.

— Qu'est-ce que vous voulez dire, lieutenant ? protesta le petit homme d'un air innocent et presque douloureux.

— Julia Wolf !

Cette fois, Nunheim parut indigné.

— C'est faux ! lieutenant, s'écria-t-il, celui qui a dit ça…

Guild l'interrompit en se tournant vers moi.

— Si vous voulez lui chatouiller les côtes, allez-y, dit-il. À votre place, cette histoire de poignet foulé ne m'arrêterait pas. On ne peut pas dire que ce soit un cogneur.

Nunheim se tourna vers moi, les mains ouvertes :

— J'ai pas voulu vous traiter de menteur, fit-il, mais il a dû y avoir un malentendu…

Guild l'interrompit de nouveau.

— Tu ne te la serais pas envoyée si tu l'avais pu, hein ? ricana-t-il.

Le petit homme passa sa langue sur ses lèvres et regarda la porte de la chambre.

— Pour ça, dit-il lentement, à voix basse, elle était chouette, j'peux pas dire que j'aurais dit non !

— Tu n'as jamais tenté ta chance ?

Nunheim hésita, puis haussa les épaules.

— Vous savez comment ça se passe, murmura-t-il ; on essaye toujours, pour voir, plus ou moins.

Guild le fixait d'un œil dur.

— Tu aurais mieux fait de m'avouer ça plus tôt. Où étais-tu l'après-midi du meurtre ?

Le petit bonhomme bondit comme s'il avait été piqué avec une épingle.

— Bon Dieu ! lieutenant, s'écria-t-il, vous ne pensez pas que je... Pourquoi que je lui aurais voulu du mal ?

— Où étais-tu ?

Les lèvres de Nunheim eurent un frémissement nerveux.

— Quel jour a-t-elle été...

Il s'interrompit : la porte de la chambre venait de s'ouvrir.

La femme apparut, une valise à la main. Elle était habillée pour sortir.

— Miriam ! cria le petit homme.

Elle le dévisagea d'un œil froid.

— Je n'aime pas les crapules, dit-elle, et même si je les aimais, je ne voudrais pas d'un mouchard ; et si je supportais les mouchards, je continuerais à ne pas te blairer.

Elle marcha vers la porte.

Guild attrapa Nunheim par le bras pour l'empêcher de suivre la femme.

— Où étais-tu ? répéta-t-il.

— Miriam ! cria Nunheim, Miriam ! ne t'en va pas ! Reste ! Je ferai ce que tu voudras… Miriam !

Elle sortit sans se retourner et ferma la porte.

— Laissez-moi, supplia le petit homme, j'peux pas me passer d'elle, laissez-moi la ramener et je vous dirai tout. Faut que je la rattrape.

— Des clous ! fit Guild. Assieds-toi.

Il poussa Nunheim qui s'écroula sur une chaise.

— Nous ne sommes pas venus vous voir jouer à cache-cache, dit-il. Où étais-tu le jour où Julia a été assassinée ?

Nunheim enfouit son visage dans ses mains et se mit à pleurer.

— Continue à pleurnicher, menaça Guild, et je te colle un marron, crétin !

Je versai un peu de whisky dans un gobelet que je tendis à Nunheim.

— Merci, monsieur, merci ! bégaya-t-il.

Il but, toussa et tira un mouchoir crasseux de sa poche pour s'essuyer la figure.

— J'peux pas m'souvenir, lieutenant, gémit-il. J'faisais p't'être un billard chez Charlie ou bien j'étais p't'être ici. Miriam s'en souviendrait si vous me laissiez la ramener.

— Qu'elle aille se faire foutre ! jura Guild. Ça te plairait d'être collé au trou pour manque de mémoire ?

— Une minute ! supplia le petit homme. J'vais me souvenir. Vous savez bien que je suis toujours régulier. Mais j'suis sens dessus dessous ; regardez mon poignet.

Il éleva le bras pour nous apitoyer.

— Une petite minute, répéta-t-il.

Guild me fit un clin d'œil et nous attendîmes quelques secondes.

Brusquement Nunheim se mit à rire.

— Bon Dieu ! cria-t-il, j'y suis. J'l'aurais pas volé si vous m'aviez coffré. C'est l'après-midi où j'étais… attendez une seconde, j'vais vous montrer.

Il pénétra dans la chambre.

Après une ou deux minutes, Guild s'impatienta.

— Hé ! grouille-toi, fit-il, on n'a pas toute la nuit devant nous.

Pas de réponse. Nous nous levâmes.

La chambre était vide.

Vide également la salle de bains. Une fenêtre ouverte donnait sur une échelle de secours.

Je me tins coi. Guild repoussa son chapeau en arrière et déclara :

— Il n'aurait pas dû faire ça.

Il revint dans l'autre pièce et prit le téléphone. Tandis qu'il était occupé, je fouillai quelques tiroirs sans rien découvrir d'intéressant.

— Nous le retrouverons, conclut Guild en raccrochant ; j'ai du nouveau, on vient de découvrir que Jorgensen et Rosewater ne font qu'un.

— Qui l'a identifié ?

— J'ai envoyé un homme chez Olga Fenton, la fille qui lui a fourni son alibi. Elle a parlé, mais elle maintient que Jorgensen était chez elle l'après-midi du crime. Je vais aller tâter moi-même. Voulez-vous venir ?

Je regardai ma montre.

— Il est trop tard, dis-je ; vous allez boucler Jorgensen ?

— L'ordre est donné. (Il me regarda pensivement.) Le chéri de ces dames en aura long à raconter.

— Et maintenant, dis-je, à votre avis, qui est coupable ?

— Je ne m'inquiète pas, répondit-il ; laissez-moi encore rassembler quelques éléments et je cueillerai l'oiseau en moins de deux.

Dans la rue il promit de me tenir au courant et nous nous séparâmes. Il me courut après quelques secondes plus tard : il avait oublié de me charger de ses hommages pour Nora.

CHAPITRE 17

Une fois rentré, je fis la commission de Guild à Nora et lui annonçais les nouvelles du jour.

— J'ai aussi un message pour toi, dit Nora. Gilbert Wynant est venu. Il a été désolé de ne pas te trouver et il m'a priée de te dire qu'il avait une nouvelle « de la plus haute importance » à te communiquer. Il a probablement découvert que Jorgensen était affligé d'une fixation à la mère. Crois-tu que Jorgensen ait tué Julia ? me demanda-t-elle.

— Je croyais connaître le meurtrier, répondis-je, mais maintenant ça se complique trop pour permettre autre chose que des suppositions !

— Et alors, qui soupçonnes-tu ?

— Qui ! Mimi, Jorgensen, Wynant, Nunheim, Gilbert, Dorothy, tante Alice, Morelli, toi, moi, ou Guild, Studsy, peut-être. Si on s'en envoyait un ?

Elle prépara des cocktails. J'en étais à mon troisième quand elle revint du téléphone.

— Ton amie Mimi voudrait te parler, dit-elle.

J'allai prendre le récepteur.

— Allô ! Mimi !

— Je suis navrée d'avoir été insupportable l'autre soir, Nick, mais j'avais perdu la tête et je me suis vraiment donnée en spectacle. Voulez-vous me pardonner.

Elle parlait très rapidement, comme pressée d'en finir avec ces explications.

J'eus tout juste le temps de lui dire : « N'en parlons plus », et elle reprit, plus lentement cette fois et d'une voix plus sérieuse :

— Je voudrais vous voir, Nick ! Il vient d'arriver une chose terrible et je ne sais absolument pas quoi faire !

— De quoi s'agit-il ?

— Je ne peux pas vous le dire au téléphone, mais j'ai besoin de vos conseils ; pouvez-vous venir ?

— Tout de suite ?

— Je vous en supplie.

— Entendu, dis-je.

Puis je revins au salon.

— Je vais faire un saut chez Mimi, dis-je à Nora. Elle dit qu'elle est dans le pétrin et qu'elle a besoin d'aide.

Nora éclata de rire.

— Serre bien les jambes, dit-elle. Elle t'a fait des excuses ? Moi, j'ai eu la priorité.

— En effet ; est-ce que Dorothy est là-bas ou chez tante Alice.

— Toujours chez la tante, d'après Gilbert, du moins. Tu en as pour longtemps ?

— Je reviendrai dès que je pourrai. Jorgensen a dû être arrêté et Mimi veut savoir si on peut le tirer de là.

— Que peut-on lui faire s'il n'a pas tué Julia ?

— On peut encore l'empoisonner avec la vieille histoire : menaces écrites, tentative d'extorsion de fonds, etc.

Je cessai de boire pour me demander aussi bien qu'à Nora :

— Au fait, est-ce que Nunheim et Jorgensen se connaissent ?

Je réfléchis un instant sans pouvoir prendre parti.

— Enfin, conclus-je, on va bien voir.

CHAPITRE 18

Mimi me reçut cordialement, les deux mains tendues.

— C'est vraiment trop gentil à toi de me pardonner. Nick ! s'écria-t-elle. Tu as toujours été si charmant. Vraiment je ne sais pas ce qui m'a pris lundi soir !

— N'en parlons plus ! dis-je.

Son visage paraissait plus rose que d'habitude, ses joues affermies la rajeunissaient, ses yeux bleus brillaient d'un vif éclat ; ses mains étaient fraîches dans les miennes. Elle semblait en proie à une sorte d'excitation que je ne pouvais définir.

— Ta femme a été exquise, elle aussi, reprit-elle.

— N'en parlons plus ! répétai-je.

— Nick, que peut-on faire à quelqu'un qui dissimule la preuve qu'une autre personne a commis un crime ?

— L'inculper de complicité — et c'est le terme technique — si on le veut.

— Même si on change d'avis et qu'on fait des révélations ?

— Ce n'est pas impossible, même dans ce cas, mais c'est peu probable.

Elle regarda autour d'elle comme pour s'assurer que nous étions bien seuls.

— Clyde a tué Julia ! murmura-t-elle ; j'en ai découvert la preuve et je l'ai cachée. Que dira la police ?

— On te passera un savon sérieux et ce sera tout. Cet homme a été ton mari et jamais un jury n'aura l'idée de te condamner pour avoir tenté de le sauver… à moins qu'ils n'aient une raison de croire que tu avais un autre motif.

— C'est ton avis personnel ? demanda-t-elle froidement.

— Je ne sais pas ! dis-je. Si l'on me posait la question, peut-être répondrais-je que tu as voulu utiliser cette preuve pour lui faire cracher du fric dès que tu pourrais le voir, et qu'un fait nouveau t'a fait changer d'idée.

Elle se jeta sur moi, toutes griffes dehors, les dents serrées, un mauvais rictus aux lèvres.

J'attrapai au vol son poignet droit.

— Les femmes deviennent féroces ! dis-je, essayant de garder un ton badin. Je viens d'en quitter une qui a flanqué une casserole à la tête d'un type !

Elle rit, mais son regard gardait la même dureté.

— Salaud ! Tu as toujours eu une belle opinion de moi, hein ! fit-elle.

Je lâchai son poignet. Elle frotta doucement les marques que mes doigts avaient laissées.

— Qui est cette femme qui a lancé la casserole ? demanda-t-elle ; je la connais ?

— Ce n'est pas Nora, si c'est ça que tu veux dire ! répondis-je ; a-t-on arrêté Victor-Christian Rosewater-Jorgensen ?

— Quoi ?

À ma propre surprise je crus à son étonnement.

— Jorgensen et Rosewater ! dis-je. Tu te souviens de lui, n'est-ce pas ? Je croyais que tu étais au courant.

— Tu veux parler de ce sale type qui…

— Oui, coupai-je.

— Ce n'est pas vrai !

Elle se leva en se pétrissant les mains.

— Non, non ! murmura-t-elle.

Elle avait l'air malade de terreur et sa voix, soudain fêlée, résonnait, irréelle comme celle d'un ventriloque.

— Je ne peux pas le croire ! répéta-t-elle.

— Ça n'y change pas grand-chose, remarquai-je.

Mais elle ne m'écoutait pas. Elle me tourna le dos, et alla se planter devant une fenêtre.

— Il y a deux types dans une bagnole qui m'ont tout l'air d'être des flics venus l'attendre, dis-je à mi-voix.

Elle se retourna brusquement.

— Tu es sûr qu'il s'agit de Rosewater ? demanda-t-elle.

Son visage avait perdu son expression de terreur et sa voix était presque normale.

— La police en est sûre, en tout cas ! répondis-je.

Nous nous dévisageâmes quelques secondes sans rien dire. Je pensai qu'elle ne craignait pas que Jorgensen fût coupable du meurtre de Julia, ou même qu'il fût arrêté : elle avait peur que cet homme l'eût épousée pour se servir d'elle dans un complot contre Wynant.

Quand je me mis à rire, non à cette idée même, mais parce qu'elle m'était venue si brusquement, elle eut un sursaut :

— Je ne peux pas le croire, fit-elle avec un sourire incertain (sa voix s'était adoucie), tant qu'il ne l'aura pas dit lui-même.

— Et alors ? demandai-je.

Elle haussa les épaules ; sa lèvre inférieure tremblait.

— C'est mon mari ! murmura-t-elle.

Cette réflexion aurait dû me faire rire, elle m'embarrassa.

— Il ne s'agit pas de ça, Mimi. Mimi, je suis Nick, tu te souviens. N-I-C-K.

— Je sais, dit-elle, tu me crois incapable d'un seul bon sentiment ; tu crois toujours…

— Ça va, ça va ! coupai-je. Passons ! Revenons à la preuve que tu as dénichée de la culpabilité de Wynant.

Elle détourna un instant la tête. Quand elle me regarda de nouveau, sa lèvre inférieure tremblait encore.

— J'ai menti, Nick, dit-elle ; je n'ai rien trouvé.

Elle se rapprocha de moi.

— Clyde n'avait pas le droit d'écrire ces lettres à Alice et à Macaulay, pour me faire soupçonner, dit-elle. Alors, j'ai pensé qu'il ne l'aurait pas volé si j'inventais quelque chose contre lui. J'étais convaincue… Je suis convaincue, je veux dire, qu'il a tué Julia et que…

— Et qu'est-ce que tu as inventé ? interrompis-je.

— Rien encore. Je voulais savoir à quoi je m'exposais et je t'ai posé la question. J'aurais pu prétendre que Julia avait repris connaissance avant de mourir, pendant que les autres téléphonaient, et qu'elle avait accusé Clyde.

— Tu ne m'as pas dit que tu avais *entendu* quelque chose, mais que tu avais *trouvé* quelque chose et que tu l'avais caché.

— Mais je n'avais pas encore décidé ce que je...

— Quand as-tu su que Wynant avait écrit à Macaulay ?

— Cet après-midi ; j'ai reçu la visite d'un policier.

— Il t'a parlé de Rosewater ?

— Il m'a demandé si je le connaissais ou si je l'avais connu : j'ai cru dire la vérité en répondant que non.

— Peut-être ! murmurai-je. Et pour la première fois je commence à croire que tu as effectivement découvert une preuve de la culpabilité de Wynant.

— Je ne comprends pas ! fit-elle en faisant de grands yeux.

— Moi non plus, répondis-je, mais voilà comment les choses auraient pu se passer. Tu aurais pu découvrir quelque chose et décider de le mettre en réserve, avec l'idée de le vendre à Wynant. Quand, ensuite, les lettres ont commencé à faire loucher les autres sur toi, tu as renoncé à l'espoir d'un chantage avantageux et tu as voulu te disculper en livrant cette preuve à la police pour rejeter la responsabilité sur Clyde. Enfin, en apprenant que Rosewater et Jorgensen étaient le même personnage, tu as fait une dernière volte-face, décidée à la boucler cette fois, pour flanquer Jorgensen dans un pétrin noir et le punir de t'avoir épousée, non par amour, mais pour se servir de toi dans ses combines contre Wynant !

Elle sourit, très calme, et dit :

— Tu me crois vraiment capable de tout, hein ?

— C'est sans importance, répondis-je, mais ce qui est inquiétant, c'est que tu finiras probablement tes jours en taule.

Elle poussa un cri rauque, horrible, et une indicible terreur la défigura. Elle s'accrocha aux revers de mon veston et se pressa contre moi, bégayant :

— Ne dis pas ça, je t'en supplie, Nick ! Dis-moi que tu ne penses pas ça.

Elle tremblait tellement que je la serrai dans mes bras pour l'empêcher de tomber.

Nous n'entendîmes pas Gilbert qui révéla sa présence en toussant.

— Ça ne va pas, maman ? demanda-t-il.

Elle lâcha lentement les revers de mon veston et fit un pas en arrière.

— Ta mère est une femme stupide, murmura-t-elle.

Encore tremblante, elle me sourit, et prit un ton enjoué :

— Tu es une brute de m'affoler comme ça !

Je m'excusai.

Gilbert posa son pardessus et son chapeau sur une chaise puis nous regarda alternativement avec un intérêt poli. Quand il devint évident que nous n'avions ni l'un ni l'autre l'intention de parler, il toussa de nouveau, déclara : « Je suis rudement content de vous voir » et s'avança vers moi pour me serrer la main.

— Tu as les yeux battus, Gilbert, dit Mimi. Tu as encore lu sans lunettes tout l'après-midi.

Elle hocha la tête.

— Il n'est pas plus raisonnable que son père, dit-elle.

— Avez-vous eu de ses nouvelles ? demanda Gilbert.

— Non, rien depuis cette fausse alerte de suicide, dis-je. Vous avez su que c'était un faux bruit, non ?

— Oui. (Il hésita.) Pourrais-je vous voir une minute tout à l'heure, avant votre départ ?

— Certainement.

— Mais tu le vois maintenant, chéri, intervint Mimi. Y a-t-il entre vous des secrets que je ne puisse partager ?

Elle ne tremblait plus et sa voix était redevenue presque gaie.

— Ça te rendrait malade ! dit Gilbert.

Il prit son chapeau et son pardessus, me fit un signe de tête et quitta la pièce.

— Je ne comprends pas cet enfant, dit Mimi en secouant la tête.

Puis, plus sérieusement, elle demanda :

— Pourquoi as-tu dit cela tout à l'heure, Nick ?

— Quoi ? À propos de la taule ?

Non, n'en parlons plus, s'écria-t-elle en frissonnant. Peux-tu rester à dîner avec moi ? Je serai probablement seule.

— Je regrette, mais c'est impossible, dis-je. Revenons à cette fameuse preuve.

— Je n'ai rien trouvé ; j'ai menti. Ne me regarde pas comme ça ; Nick, je t'assure que j'ai menti.

— Et tu m'as fait venir juste pour me mentir ? Pourquoi as-tu changé d'avis ?

— Tu dois vraiment m'aimer, Nick, dit-elle en gloussant, pour être toujours aussi rosse avec moi.

Je n'avais pas l'intention de la suivre sur ce terrain.

— Je vais voir ce que veut Gilbert et je file ! dis-je.

— Reste, je t'en prie.

— Impossible, répétai-je. Où est Gilbert ?

— La deuxième porte à… Dis-moi, Nick, ils vont vraiment arrêter Chris ?

— Cela dépend de ses réponses, mais il faudra qu'il se mette carrément à table.

— Oh ! il…

Elle s'interrompit et me jeta un regard aigu.

— Tu n'essayes pas de me rouler, Nick ? demanda-t-elle ; il s'agit bien de Rosewater ?

— La police m'a l'air parfaitement sûre.

— Mais le type qui est venu cet après-midi n'a pas dit un mot de Chris ! protesta-t-elle ; il m'a seulement demandé si…

— Ils n'étaient pas encore très sûrs, coupai-je.

— Et maintenant ils n'ont plus de doute ?

Je fis un signe de tête affirmatif.

— Qui les a renseignés ?

— Une fille qu'il connaît.

— Qui ça ? demanda-t-elle, le regard durci mais la voix nette.

— J'ai oublié le nom, dis-je ; c'est celle qui lui a fourni son alibi l'après-midi du meurtre.

— Un alibi ! s'écria-t-elle, indignée. Tu prétends que la police a accepté le témoignage d'une traînée pareille !

— Pareille à quoi ?

— Tu comprends très bien.

— Pas du tout. Tu la connais ?

— Non ! fit-elle, comme si je l'avais insultée.

Elle plissa les yeux et baissa la voix.

— Nick, demanda-t-elle, crois-tu qu'il ait tué Julia ?

— Pourquoi l'aurait-il fait ?

— S'il m'avait épousée pour se venger de Clyde ? dit-elle. Tu sais qu'il m'a poussée à revenir à New York pour essayer de soutirer de l'argent à Clyde. Peut-être en ai-je parlé la première, mais c'est lui qui a insisté. Suppose qu'il ait rencontré Julia ; elle le connaissait puisqu'ils ont travaillé ensemble, pour Clyde. Chris savait que j'allais la voir cet après-midi-là ; il a pu avoir peur et se dire que si je la mettais hors d'elle, elle lui tomberait dessus et alors... Qu'en penses-tu ?

— C'est absurde, répondis-je, d'ailleurs, vous êtes partis ensemble ; il n'aurait pas eu le temps...

— Mais mon taxi allait si lentement, interrompit-elle et j'ai pu m'arrêter... mais oui, je suis descendue pour acheter de l'aspirine. Je m'en souviens parfaitement !

— Et il savait que tu t'arrêterais en route, sans doute, suggérai-je, tu l'avais prévenu. Tu ne peux pas t'en tirer comme ça ; un meurtre c'est quelque chose de sérieux. On ne compromet pas les gens parce qu'ils vous ont joué un sale tour...

— Un sale tour, s'écria-t-elle, à ce...

Elle se mit à dévider un chapelet d'injures et d'obscénités choisies à l'adresse de Jorgensen. Sa voix montait par degrés. Elle finit par me glapir littéralement sous le nez. Quand elle se tut pour reprendre haleine, je lui dis :

— Tu as un joli répertoire, mais...

— Il a même eu le culot d'insinuer que j'avais pu tuer Julia ! reprit-elle. Il n'était pas assez culotté pour me le dire ouvertement, mais il a fait des allusions, à tout bout de champ, jusqu'à ce que je lui aie craché en pleine figure que… que… que ce n'était pas moi !

— Tu allais dire autre chose. Qu'est-ce que tu lui as craché ?

Elle frappa du pied.

— Ne me cuisine pas comme ça ! fit-elle.

— Bon. Ça suffit ! dis-je… Je suis venu sur ta demande.

Je fis mine de prendre mon chapeau et mon manteau.

Elle courut derrière moi et m'étreignit le bras.

— Je t'en prie, Nick, excuse-moi, dit-elle, j'ai un caractère de cochon ! Je ne sais pas…

Gilbert fit son entrée.

— Je vais vous accompagner, si vous voulez bien et nous pourrons causer, me dit-il.

— Toi, tu nous écoutais, dit Mimi d'un ton aigre.

— C'était difficile de faire autrement, avec ta façon de hurler, dit-il. Peux-tu me donner un peu d'argent ?

— Nous n'avons pas fini de discuter, Nick, fit Mimi.

Je regardai ma montre.

— Il faut que je file, Mimi, dis-je. Il est tard.

— Peux-tu revenir après ton rendez-vous ?

— S'il n'est pas trop tard, mais ne m'attends pas.

— Je ne bougerai pas, dit-elle. L'heure n'a pas d'importance.

Je lui répondis que je tâcherais. Elle remit de l'argent à Gilbert et nous descendîmes ensemble l'escalier.

CHAPITRE 19

— J'écoutais, me dit Gilbert sur le trottoir ; je trouve idiot de ne pas écouter quand on en a l'occasion et qu'on s'intéresse à l'étude des caractères. Les gens sont toujours différents quand ils sont avec d'autres que vous ! Bien entendu, ils ne sont pas contents de se savoir surveillés, mais je suppose que les oiseaux et les autres bêtes n'aiment pas être épiés par les naturalistes !

— Qu'as-tu entendu ? demandai-je.

— Oh ! assez pour penser que je n'ai rien manqué d'important.

— Et qu'en dis-tu ?

Il serra les lèvres et plissa le front.

— Ce n'est pas commode à exprimer, dit-il. Maman s'y connaît en cachotteries, mais elle ne sait pas inventer. C'est drôle. Vous avez dû remarquer que les gens qui mentent le plus sont presque toujours les plus maladroits et plus faciles à tromper que les autres. On imaginerait facilement qu'ils se méfient mais, au contraire, ils sont prêts à tout croire ; vous avez remarqué ?

— Oui, répondis-je.

— Voilà ce que je voulais vous dire, reprit-il, Chris n'est pas rentré la nuit dernière. C'est pour ça que maman est sens dessus dessous. Quand j'ai pris le courrier ce matin, j'y ai trouvé une lettre pour lui. Je l'ai ouverte à la vapeur, pensant que ce serait peut-être intéressant.

Il tira la lettre de sa poche et me la tendit.

— Lisez-la, dit-il, et puis je la recollerai et je la mettrai dans le courrier de demain au cas où il rentrerait, mais ça m'étonnerait.

— Pourquoi ?

— Parce qu'il est bien Rosewater…

— Tu lui en as parlé ? coupai-je.

— Pas eu le temps ! fit-il ; je ne l'ai pas vu depuis que vous m'avez renseigné.

Je regardai la lettre ; elle portait le cachet de Boston et la date du 27 décembre. L'adresse était d'une écriture féminine : *M. Christian Jorgensen, Courtland Apartments, New York.*

— Comment as-tu eu l'idée de l'ouvrir ? demandai-je en sortant la feuille de l'enveloppe.

— Je ne crois pas à l'intuition, dit Gilbert, mais il doit y avoir quelque chose dans l'écriture, qu'on ne peut pas analyser, mais qui vous influence. Enfin, j'ai eu l'impression que cette lettre était importante.

— Le courrier de la famille t'a souvent donné cette impression ?

Il me jeta un regard vif pour voir si je voulais le mettre en boîte.

— Pas souvent ! dit-il, mais j'ai déjà ouvert plusieurs lettres. Je vous ai dit que je m'intéressais à l'étude des caractères.

Je me mis à lire :

Cher Vic,

Olga m'a écrit que tu étais revenu aux États-Unis, que tu avais épousé une autre femme et que tu t'appelais maintenant Christian Jorgensen. Ce n'est pas bien, Vic, de m'avoir laissée sans nouvelles pendant si longtemps. Et sans argent. Je savais bien que tu devais partir à cause de cette histoire avec M. Wynant mais je suis sûre qu'il a depuis longtemps oublié tout ça, tu aurais vraiment pu m'écrire. Tu sais bien que j'ai toujours été ton amie et que je suis toujours prête à faire n'importe quoi pour toi. Je ne veux pas te gronder, Vic, mais il faut que je te voie. Le magasin où je travaille sera fermé dimanche et lundi pour le Nouvel An et j'arriverai à New York samedi soir. Il faut que je te parle. Écris en m'indiquant l'endroit où tu peux me rencontrer et à quelle heure, car je ne veux pas te faire d'ennuis. Écris tout de suite pour que ta lettre arrive à temps.

Georgia.

Une adresse était indiquée au bas de la page.

— Tiens, tiens ! dis-je en remettant la lettre dans l'enveloppe. Et tu as résisté à la tentation de parler de cette lettre à ta mère ?

— Oh ! je savais à l'avance ce qu'elle dirait. Vous avez vu comment elle a réagi avec vous. Que dois-je faire à votre avis ?

— Tu devrais me laisser prévenir la police.

Il acquiesça sans hésiter.

— Si vous croyez que ça vaut mieux, vous pouvez la leur montrer, dit-il.

— Merci, fis-je en empochant l'enveloppe.

— Il y a autre chose, reprit Gilbert. J'avais de la morphine, quelques grammes, pour une expérience, et quelqu'un me l'a volée.

— Quelle expérience ?

— J'en prenais, pour en étudier les effets.

— Ça t'a plu ?

— Oh ! Je ne m'attendais pas à aimer ça, je voulais voir. Je déteste les drogues abrutissantes. Aussi je ne fume et ne bois presque jamais. Pourtant je voudrais essayer de la cocaïne, on prétend que ça active les fonctions du cerveau. C'est vrai ?

— On le dit. Qui t'a volé cette morphine ?

— Je soupçonne Dorothy ; je vais dîner chez tante Alice, Dorry y est et je poursuivrai ma petite enquête. Je lui fais dire ce que je veux.

— Mais si elle était là-bas, comment a-t-elle pu…

— Elle est venue au Courtland hier soir, pendant quelques minutes, dit-il, et, d'autre part, je ne sais pas au juste quand la drogue a été volée : j'ai ouvert la boîte aujourd'hui pour la première fois depuis trois jours.

— Elle savait que tu avais ce truc ?

— Oui, c'est un peu pour ça que je la soupçonne. D'autre part, j'ai essayé sur elle, également.

— Elle a aimé ça ?

— Oui, mais elle en aurait pris quand même sans l'aimer. Voilà ce que je voulais vous demander : peut-on s'intoxiquer en si peu de temps ?

— C'est-à-dire ?

— Une semaine… non… dix jours.

— Difficilement. Elle en a pris beaucoup ?

— Non.

— Tiens-moi au courant, dis-je. Je vais sauter dans un taxi ; au revoir !

— Vous revenez voir maman, ce soir ?

— Si possible, oui. On se reverra peut-être.

— C'est ça, dit-il. Merci beaucoup.

Je fis stopper mon taxi devant la première cabine téléphonique pour appeler Guild. Je pensais obtenir son adresse personnelle, mais il était encore à son bureau.

— Vous faites des heures supplémentaires, dis-je.

— C'est le métier, répondit-il avec un rire jovial.

Je lui lus la lettre de Georgia et lui donnai l'adresse.

— Bonne prise, dit-il.

Je lui dis ensuite que Jorgensen n'était pas rentré chez lui la nuit précédente.

— Croyez-vous que nous le trouverons à Boston ? demanda-t-il.

— Là, ou plus au sud s'il a réussi à filer.

— On va suivre les deux pistes, dit-il d'un ton optimiste. Moi aussi j'ai du nouveau pour vous : notre ami Nunheim a été trouvé farci de pruneaux, calibre 32, une heure après nous avoir faussé compagnie ; il s'est fait proprement rectifier. Les pilules ont dû être crachées par le même flingue qui a descendu Julia Wolf. J'attends le rapport des experts. Il doit regretter de ne pas être resté à bavarder avec nous.

CHAPITRE 20

Quand je revins chez moi, je trouvai Nora très occupée : d'une main elle brandissait un pilon de canard froid qu'elle était en train de dévorer, de l'autre elle assemblait les pièces d'un puzzle.

— Je croyais que tu avais pris pension chez elle, dit-elle. Dis donc, toi qui as joué les détectives, tu ne pourrais pas me trouver un morceau en forme d'escargot ?

— Un morceau de canard ou du puzzle ? N'allons pas chez les Edge, ce soir. Ils sont rasants !

— Très bien, mais ils seront furieux.

— Nous n'aurons pas cette chance-là. Ils râleront contre les Quinn et…

— Harrisson a téléphoné : il m'a dit de te dire que c'était le bon moment pour acheter des Mac Intyre Porcupine — ça doit être ça qu'il a dit — en plus des « Dome ». Il dit que le cours a été fermé à vingt dollars.

Elle posa l'index sur le puzzle.

— Le morceau que je cherche entre là !

Je lui trouvai le bout de bois réclamé, puis je lui racontai, presque mot pour mot, ce qui s'était passé chez Mimi.

— Je n'en crois rien, dit-elle ; tu as monté ça de toutes pièces. Il n'y a pas de gens pareils ; enfin, voyons, sont-ils les premiers représentants d'une nouvelle race de monstres ?

— Je te dis ce qui est arrivé sans commentaires.

— Je comprends ça ; comment pourrais-tu expliquer ? Il n'y en a pas un dans cette famille — maintenant que Mimi s'est braquée contre Jorgensen — qui éprouve la moindre sympathie pour l'un des autres, et, pourtant, ils ont une sorte de ressemblance.

— C'est peut-être là l'explication, dis-je.

— J'aimerais voir la tante Alice ! dit-elle. Tu vas remettre cette lettre à la police ?

— J'ai déjà téléphoné à Guild, répondis-je.

Puis je lui annonçai la mort de Nunheim.

— Et cela veut dire ? demanda-t-elle.

— Si Jorgensen a quitté New York, comme je le pense, et que les projectiles ont été tirés par l'automatique dont on s'est servi pour tuer Julia, et c'est probable, cela veut dire que les flics devront trouver le complice de Chris s'ils veulent le coincer.

— Si tu étais bon détective, tu m'expliquerais ça beaucoup plus clairement, dit-elle, penchée de nouveau sur son puzzle. Tu retournes chez Mimi, ce soir ?

— Ça m'étonnerait. Si on laissait ce casse-tête en paix pour aller dîner ?

Le téléphone sonna et je me levai pour répondre. C'était Dorothy Wynant.

— Allô ! Nick ?

— Lui-même. Comment vas-tu ?

— Gilbert vient d'arriver et il m'a réclamé la… vous savez quoi. Je voulais vous dire que c'était bien moi qui l'avais prise, mais je voulais seulement l'empêcher de s'intoxiquer.

— Qu'en as-tu fait ? demandai-je.

— Il m'a forcée à la lui rendre ; il ne veut pas me croire, mais vraiment je ne l'ai pas prise pour une autre raison.

— Je te crois.

— Alors, je vous en supplie, dites-le à Gilbert ; il vous croit infaillible…

— Entendu, je lui en parlerai dès que je le verrai.

Il y eut un silence, puis elle demanda :

— Comment va Nora ?

— Ça n'a pas l'air d'aller trop mal. Tu veux lui parler ?

— Oui, mais je voudrais d'abord vous demander quelque chose : est-ce que maman vous a parlé de moi, aujourd'hui ?

— Non ; pourquoi ?

— Et Gilbert ?

— Seulement à propos de la morphine.

— Sûr ?

— Tout à fait sûr. Pourquoi ?

— Pour rien si vous êtes vraiment certain. Je suis idiote !

— Bon ; je te passe Nora.

Je rentrai au salon.

— Dorothy veut te parler ; ne l'invite pas à dîner.

Nora revint du téléphone avec un drôle d'air.

— Qu'est-ce qui se passe ? demandai-je.

— Rien !

— C'est ça, bonjour en passant.

— Un point c'est tout.

— Si tu mens à ton seigneur et maître, le ciel te punira, tu sais !

Nous allâmes dîner dans un restaurant japonais de la Cinquante-huitième Rue et, là, je me laissai convaincre d'aller chez les Edge.

Halsey Edge était un grand type d'une cinquantaine d'années, sans un poil sur le caillou, avec un visage jaune aux traits pincés, qui s'occupait d'archéologie. Il se traitait lui-même de « vampire par profession et par goût », son unique plaisanterie — en admettant que c'en fût une — pour expliquer qu'il était archéologue et qu'il était très fier de sa collection de haches d'armes. Il était plutôt brave homme à condition qu'on se résignât à l'écouter énumérer les pièces de son arsenal : haches de pierre, cuivre, bronze, à double tranchant, à facettes, polygonales, à tête plate, à tête carrée, mésopotamiennes, hongroises, nordiques, etc., toutes plus ou moins bouffées aux mites. C'était sa femme qui ne nous revenait pas. Elle s'appelait Léda, mais Edge l'avait baptisée Tip. Elle était minuscule et dodelinait obstinément de la tête, lentement de droite à gauche, puis de gauche à droite ; on avait toujours l'impression qu'elle était perchée sur sa chaise. Nora prétendait que son mari l'avait découverte, un jour, en ouvrant une sépulture antique. Margot Innes l'appelait « le Gnome ». Le couple habitait une confortable maison, près de Greenwich Village. On y buvait d'excellent whisky.

Une douzaine de personnes étaient là quand nous arrivâmes. Tip nous présenta aux gens que nous ne connaissions pas, puis elle me prit à part dans un coin.

— Pourquoi ne m'avez-vous pas dit que ces gens que j'ai rencontrés chez vous, pour Noël, étaient mêlés à un crime mystérieux ? murmura-t-elle en inclinant la tête sur la gauche, jusqu'à ce que son oreille lui touchât presque l'épaule.

— Je ne crois pas qu'ils y soient mêlés, répondis-je, et d'ailleurs quelle importance peut bien présenter un meurtre, aujourd'hui ?

Elle pencha la tête vers la droite.

— Et vous ne m'avez même pas dit que vous vous chargiez de l'enquête ? reprit-elle.

— Que je me… Oh ! je vois. Eh bien ! je n'ai jamais eu et n'ai toujours pas l'intention de m'en charger. Ma blessure devrait assez prouver que je n'étais qu'un spectateur innocent.

— Vous souffrez ?

— Ça me gratte un peu : j'ai oublié de faire changer mon pansement cet après-midi.

— Nora a dû être affolée ?

— Moi aussi et le type qui m'a tiré dessus, donc ! répondis-je. Tiens, voilà Hasley ; je ne l'avais pas encore vu.

Comme je tentais de m'esquiver en faisant un mouvement tournant habile, elle me dit :

— Harrisson Quinn a promis d'amener la fille, ce soir.

Je bavardai quelques minutes avec Edge, notamment à propos de la propriété qu'il voulait acheter en Pennsylvanie, puis j'allai me servir à boire et j'écoutai Larry Crowley et Phil Thames raconter des histoires sales, jusqu'au moment où une bonne femme quelconque vint demander à Phil — il était professeur à l'université de Columbia — un tuyau sur l'évolution actuelle de la technocratie. Larry et moi prîmes le large pour aller retrouver Nora.

— Attention, murmura-t-elle, le Gnome a juré de t'arracher le secret du meurtre de Julia Wolf.

— Qu'elle s'adresse à Dorothy, dis-je. Elle doit venir avec Quinn.

— Je sais.

— Il a cette gamine dans la peau, dit Larry. Il m'a dit qu'il voulait divorcer d'avec Alice pour épouser Dorothy.

— Pauvre Alice ! dit Nora, apitoyée.

Elle détestait Alice.

— Ça dépend du point de vue, dit Larry. (Alice lui plaisait.) À propos, j'ai vu hier le type qui a épousé la mère, vous savez, cette grande perche que j'ai rencontrée chez vous.

— Jorgensen ?

— C'est ça ! Il sortait du mont-de-piété de la Sixième Avenue.

— Vous lui avez parlé ?

— J'étais dans un taxi ; d'ailleurs ça doit être poli de faire semblant de ne pas voir les gens qui sortent du mont-de-piété.

Tip se mit à lancer des : chut ! chut ! dans toutes les directions et Levi Oscant se mit au piano.

Quinn et Dorothy arrivèrent pendant qu'il jouait : Quinn était saoul comme une bourrique et Dorothy avait incontestablement un verre dans le nez.

Elle vint vers moi et murmura :

— Je veux partir en même temps que vous et Nora.

— Alors tu ne seras plus là pour le petit déjeuner ! répondis-je.

— Chhht ! fit Tip dans ma direction.

Nous absorbâmes une solide dose de musique. Dorothy s'agitait près de moi.

— Gilbert dit que vous devez revoir maman ce soir, chuchota-t-elle de nouveau. Est-ce bien vrai ?

— Je ne crois pas.

Quinn s'approchait de nous en titubant.

— Comment ça va, mon vieux ? hoqueta-t-il. Bonsoir Nora ! Vous avez fait ma commission ?

Tip lançait des chht farouches, mais Quinn s'en fichait. Les autres invités parurent soulagés et se mirent à bavarder.

— Dis donc, vieux Charles ! Le trust de la Porte d'Or à San Francisco, c'est bien ta banque ?

— Oui, j'y ai quelques fonds.

— Retire-les, vieux ; paraît qu'ils vont se casser la gueule.

— Bon, mais je n'y ai presque rien.

— Sans blague ! qu'est-ce que tu fais de tout ton fric ?

— La lessiveuse, comme les Français.

Il hocha gravement la tête.

— Et voilà, dit-il solennellement, c'est les types comme toi qui mènent le pays à la ruine !

— Peut-être, mais ils ne font pas le saut eux-mêmes. Où as-tu ramassé cette muffée ?

— C'est la faute d'Alice. Elle me fait la gueule depuis une semaine ; si je ne buvais pas, je deviendrais cinglé.

— Qu'est-ce qu'elle te reproche ?

— Je bois trop. Elle pense…

Il s'interrompit, se pencha vers moi et dit d'un ton confidentiel :

— Écoutez, vous êtes tous des amis, j'vais te dire ce que je vais faire, je vais divorcer et épouser…

Il avait tenté de passer son bras autour de la taille de Dorothy. Elle l'envoya promener.

— Tu es idiot et tu m'assommes ! s'écria-t-elle. Fiche-moi la paix.

— Elle me trouve idiot et assommant, répéta-t-il. Sais-tu pourquoi elle ne veut pas m'épouser ? C'est parce qu'elle a le bég…

— Assez ! cria Dorothy. Ferme-la, espèce d'ivrogne !

Elle se mit à lui marteler la figure des deux poings. Elle était rouge comme une pivoine et criait d'une voix perçante.

— Si tu répètes ça, je te tue !

Je tirai Dorothy en arrière et Larry prit aux épaules Quinn, près de s'écrouler.

— Elle m'a frappé, Nick, pleurnicha-t-il.

Des larmes coulaient sur ses joues.

Dorothy, le nez contre mon veston, semblait également prête à pleurer.

Les invités se pressaient autour de nous. Tip vint en courant, la figure ravagée par la curiosité.

— Qu'est-ce qu'il y a, Nick ?

— Rien ; ils sont fin saouls. Je vais les ramener chez eux.

Tip n'était pas d'accord : elle voulait les garder, au moins assez longtemps pour leur tirer les vers du nez. Elle pressait Dorothy de s'étendre, offrit de faire avaler quelque chose — quoi au juste ? — à Quinn qui ne tenait plus debout. Mais Nora et moi les sortîmes. Larry se proposa pour nous aider, mais nous le remerciâmes.

Dans le taxi, Quinn, écroulé dans un coin, endormi, dans l'autre Dorothy, raide et silencieuse, encadraient Nora. Je leur faisais face, assis sur un strapontin, songeant qu'après tout le séjour chez les Edge avait été réduit au minimum.

Nora et Dorothy restèrent dans la voiture tandis que je hissais Quinn chez lui. Il était à peu près inerte.

Alice m'ouvrit la porte. Elle portait un pyjama vert et tenait à la main une brosse à cheveux. Elle regarda Quinn d'un air résigné et dit avec lassitude :

— Faites entrer votre colis.

Je m'exécutai et allongeai Harrisson sur un lit. Il poussa quelques grognements inarticulés, remua une main, mais resta les yeux fermés.

— Je vais le fourrer au lit, dis-je, dénouant sa cravate.

Alice s'était plantée au pied du lit.

— Si vous voulez, dit-elle ; il y a longtemps que j'y ai renoncé.

Je lui enlevai son veston, son gilet, sa chemise.

— Où a-t-il échoué ce soir ? demanda-t-elle distraitement.

Elle s'était remise à brosser ses cheveux.

— Chez les Edge, répondis-je, tirant le pantalon.

— Avec cette petite putain de Wynant ? demanda-t-elle de la même voix indifférente.

— Il y avait un tas de gens.

— Oui, dit-elle, il s'affiche facilement en public. (Elle se donna un coup de brosse.) Alors vous faites l'homme du monde, le discret.

Quinn remua un peu et marmotta :

— Dorry !

Je lui ôtai ses souliers.

Alice soupira.

— Je me souviens d'une époque où il avait encore des muscles, dit-elle.

Elle le contempla jusqu'au moment où je le poussai nu comme la main sous les couvertures.

— Je vais vous donner quelque chose à boire ! dit-elle avec un nouveau soupir.

— En vitesse, alors, dis-je. Nora m'attend dans le taxi.

Alice ouvrit la bouche comme si elle allait parler, puis se ravisa, dit : « Bon ! » et je la suivis dans la cuisine.

— Ça ne me regarde pas, Nick, dit-elle, mais qu'est-ce que les gens pensent de moi ?

— Vous êtes comme tout le monde, Alice, certains vous aiment, d'autres pas, et les autres s'en fichent.

— Ce n'est pas cela que je veux dire, murmura-t-elle, les sourcils froncés : que pensent les gens en me voyant rester avec Harrisson qui passe son temps à courir les femelles ?

— Je n'en sais rien, Alice.

— Qu'en pensez-vous ?

— Que vous devez savoir ce que vous faites et que ça vous regarde.

— Vous ne vous compromettez jamais, vous, hein ? dit-elle avec un sourire amer. Vous savez bien que je reste avec lui à cause de son argent ; pour vous c'est peut-être secondaire, mais moi, je ne peux pas m'en passer, j'ai été élevée comme ça.

— Il y a toujours le divorce et la pension alimentaire, remarquai-je.

— Buvez et foutez le camp ! dit-elle avec lassitude.

CHAPITRE 21

Nora me fit une place dans le taxi entre elle et Dorothy.

— J'aimerais prendre un café, dit-elle, on va chez Reuben ?

— D'accord.

Je donnai l'adresse au chauffeur.

— Qu'est-ce que dit sa femme ? demanda timidement Dorothy.

— Mille amitiés pour toi.

— Ne sois pas mauvais, Nick ! protesta Nora.

— Sincèrement, je ne l'aime pas, Nick, reprit Dorothy. Je ne le reverrai jamais. (Elle semblait à peu près dégrisée.) Mais j'étais très seule ; avec lui, je pouvais sortir…

J'allais répliquer mais Nora me lança une bourrade dans les côtes.

— Ne pense plus à lui, dit Nora. Harrisson a toujours été idiot !

— Je ne veux pas jeter de l'huile sur le feu,

remarquai-je, mais il paraît sérieusement pincé pour l'enfant.

Nora me lança une autre bourrade.

Dorothy me regarda dans la demi-obscurité.

— Vous… vous ne vous fichez pas de moi, Nick ?

— Je devrais bien, pourtant.

— J'ai entendu ce soir une nouvelle histoire sur le Gnome, coupa Nora, du ton de quelqu'un qui ne se laissera pas interrompre, c'est Mme Edge, expliqua-t-elle à Dorothy ; Levi disait…

L'histoire était assez drôle à condition de connaître Tip, et Nora parla jusqu'à ce que le taxi s'arrêtât devant chez Reuben.

Herbert Macaulay occupait l'une des tables, avec une belle brune plantureuse, en rouge. Je lui fis signe de la main et, après avoir commandé notre menu, me dirigeai vers lui.

— Nick Charles, Louise Jacobs, présenta-t-il. Asseyez-vous. Quelles nouvelles ?

— Jorgensen n'est autre que Rosewater ! dis-je.

— Nom de Dieu ! fit-il.

— Oui, et il semble avoir une légitime à Boston, ajoutai-je.

— Je voudrais bien le voir, fit lentement Macaulay. Je connaissais Rosewater et j'aimerais avoir une certitude.

— La police est tout ce qu'il y a de convaincue, répondis-je. Je ne sais pas si on lui a mis la main dessus. Vous pensez qu'il a tué Julia ?

Macaulay secoua énergiquement la tête.

— Je ne vois pas Rosewater tuant quelqu'un, non, pas tel que je le connais et malgré les menaces contre Wynant. Vous savez que je ne les ai jamais prises au sérieux. Qu'y a-t-il d'autre ? fit-il, et me voyant hésiter :

« Vous pouvez parler devant Louise.

— Il faut que j'aille retrouver ma petite famille, dit-il. Je voulais vous demander si vous aviez eu une réponse à votre annonce du *Times* ?

— Pas encore, mais asseyez-vous, Nick, j'ai des tas de choses à vous demander. Vous avez parlé à la police de la lettre de Wynant... ?

— Venez déjeuner avec moi demain et nous discuterons de tout cela. On m'attend là-bas.

— Qui est cette petite blonde ? demanda Louise Jacobs ; je l'ai vue plusieurs fois avec Harrisson Quinn.

— C'est Dorothy Wynant.

— Vous connaissez Quinn ? me demanda Macaulay.

— Je viens de le fourrer au lit, il y a dix minutes.

Macaulay sourit :

— J'espère que vous vous en tenez à des relations mondaines, dit-il.

— C'est-à-dire ?

— Il s'est chargé de mes affaires, en Bourse, et ses conseils m'ont presque mené à l'asile de nuit.

— Charmant ! répondis-je, il est également mon avoué et je suis en train de suivre ses conseils.

Macaulay et sa voisine éclatèrent de rire ; j'affectai de faire chorus et rejoignis ma table.

— Il n'est pas encore minuit, dit Dorothy, et maman a dit qu'elle vous attendait. Pourquoi n'irions-nous pas la voir, tous les trois ?

Nora se versait du café avec précaution.

— Pourquoi ? demandai-je. Qu'est-ce que vous venez encore de combiner, toutes les deux ?

Il eût été difficile de contempler des visages plus innocents que les leurs.

— Mais rien, Nick, répondit Dorothy, nous pensions que ça serait amusant. Il n'est pas tard et…

— Et nous aimons bien Mimi, singeai-je.

— N.. n… non… mais…

— Il est trop tôt pour rentrer, conclut Nora.

— Il y a des bistrots, remarquai-je, et des boîtes de nuit et Harlem.

— C'est toujours la même chose ! dit Nora en faisant la moue.

— Alors, allons chez Barry, tenter la chance à la roulette.

Dorothy allait dire oui, mais une grimace de Nora l'arrêta.

— En tout cas, dis-je, pour ma part j'ai assez vu Mimi pour aujourd'hui !

Nora soupira pour bien montrer jusqu'où allait sa patience.

— Si nous allons dans une boîte comme d'habitude, dit-elle, je préfère retourner chez ton ami Studsy, à condition que tu m'évites ce champagne infect. Il est rigolo.

— Je ferai de mon mieux, dis-je.

Puis je demandai à Dorothy :

— Gilbert t'a dit qu'il nous avait surpris, Mimi et moi, dans une position compromettante ?

Elle essaya de quêter du regard l'avis de Nora. Mais Nora était tout à son croque-monsieur.

— Il ne m'a pas dit exactement ça !

— Il ne t'a pas parlé de la lettre ?

— Celle de la femme de Chris ? Si ! (Ses yeux bleus lancèrent un éclair.) Maman sera folle de rage.

— Mais ça t'amuse, hein ?

— Pourquoi pas ! Est-ce qu'elle a jamais fait quoi que ce soit pour me…

— Nick ! interrompit Nora, fiche donc la paix à cette gamine.

J'obéis.

CHAPITRE 22

Les affaires paraissaient tourner rond au Pigiron Club. La boîte était pleine de clients, de fumée et de bruit. Studsy quitta la caisse pour nous souhaiter la bienvenue.

— J'espérais bien vour voir revenir ! dit-il.

Il nous pompa la main à Nora et à moi et gratifia Dorothy d'un vaste sourire.

— Rien de particulier ? lui demandai-je.

Il fit un plongeon.

— C'est toujours particulier de voir des dames aussi chouettes.

Je le présentai à Dorothy. Il s'inclina, fit une déclaration pleine de recherche à propos des amis de Nick et arrêta un garçon au passage.

— Pete, lui dit-il, une table ici pour M. Charles.

— C'est toujours aussi bondé ? lui demandai-je.

— Je n'ai pas à me plaindre ! dit-il. Les clients reviennent. Je n'ai pas de crachoirs de marbre noir à leur offrir, mais ici on n'a pas besoin de cracher ce qu'on a bu. Voulez-vous rester une minute au bar, pendant qu'on prépare votre table ?

Nous nous juchâmes sur des tabourets et je commandai à boire.

— Des nouvelles de Nunheim ? demandai-je à Studsy.

Il me regarda pendant quelques secondes avant de se décider.

— Ouais, dit-il, sa poule est ici. (Il pointa le menton vers l'autre bout de la salle.) Je fis un pas en avant et repérai Miriam, la grosse rouquine, assise à une table avec une demi-douzaine d'hommes et de femmes.

— Elle est en train de fêter l'événement, faut croire.

— Tu sais qui a fait le coup ? demandai-je.

— Elle dit que c'est les flics ; il en savait trop.

— C'est de la foutaise, dis-je.

— De la foutaise, oui ! approuva Studsy. Voilà ta table ; installez-vous ; je reviens dans une minute.

Nous prîmes nos verres sur le comptoir pour aller nous caser à la table que le garçon avait réussi à insérer entre deux autres qui occupaient déjà une place à peine suffisante pour une. Nora trempa ses lèvres dans son verre et frissonna :

— Crois-tu que ce soit la décoction de ciguë dont il était question dans les mots croisés d'hier ? me demanda-t-elle.

— Regardez donc ! s'écria soudain Dorothy.

Nous levâmes la tête : Shep Morelli venait vers nous. Son visage avait attiré l'attention de la jeune fille : il était enflé et meurtri et sa couleur allait du pourpre sombre encerclant un œil au rose pâle d'une bande de sparadrap collée au menton.

Il vint tout droit vers nous, se pencha et posa les deux poings sur la table.

— Écoutez voir, dit-il, Studsy m'a dit de venir vous faire des excuses.

— Alors ? dis-je.

Morelli hocha la tête.

— Alors, reprit-il, c'est pas dans mes habitudes ; quand j'ai fait quelque chose, c'est à prendre ou à laisser, mais, tout de même, je veux vous dire que je regrette de m'être monté le ciboulot et d'avoir tiré ; j'espère que ça ne vous fera pas d'ennuis et si je peux faire quelque chose…

— Ça va. N'en parlons plus. Assieds-toi et prends un verre. M. Morelli, Miss Wynant.

Dorothy ouvrait des yeux comme des soucoupes.

Morelli chercha une chaise et s'assit près de nous.

— J'espère que vous m'en voulez pas non plus, dit-il à Nora.

— C'était plutôt rigolo ! dit-elle.

Il lui lança un regard méfiant.

— Liberté sous caution ? demandai-je.

— Oui, cet après-midi.

Il se passa la main sur la figure.

— C'est de là que viennent mes derniers coquards. Ils m'ont encore un peu sonné avant de me lâcher, pour faire la mesure.

— C'est écœurant ! fit Nora, indignée. Ils ont vraiment…

Je lui caressai doucement la main.

— C'est le métier ! dit Morelli.

Ses lèvres enflées tentèrent d'esquisser un sourire méprisant.

— Ça va, dit-il, tant qu'il faut trois bonshommes pour me cogner dessus.

Nora se tourna vers moi.

— Tu as déjà fait des choses pareilles ?

— Qui ? Moi ?

Studsy arrivait avec une chaise.

— On lui a rectifié le portrait, hein ? dit-il en désignant Morelli du menton.

Nous lui fîmes de la place et il s'assit.

Il fit un sourire avantageux à Nora et lui demanda, l'index pointé sur son verre :

— Vous n'avez rien de meilleur dans vos boîtes

snobs de Park Avenue, hein ? Et ici ça vous coûte quatre fois moins.

Nora sourit faiblement, mais c'était tout de même un sourire. Elle posa son pied sur le mien sous la table.

— Tu as connu Julia Wolf, à Cleveland ? demandai-je à Shep.

Il jeta un regard de côté vers Studsy qui, carré dans sa chaise, surveillait la salle, regardant monter les bénéfices.

— Quand elle s'appelait Rhoda Stewart ? insistai-je.

Il regarda Dorothy.

— Tu peux y aller, dis-je, c'est la fille de Clyde Wynant.

Studsy se retourna pour la dévisager d'un air rayonnant.

— Sans blague ! dit-il, et comment va votre paternel ?

— Je ne l'ai pas vu depuis que j'étais toute petite, répondit-elle.

Morelli humecta le bout d'une cigarette qu'il plaça entre ses lèvres enflées.

— Je viens de Cleveland, dit-il.

Il gratta une allumette ; son regard était vague, du moins il s'efforçait de le garder vague.

— Elle ne s'est appelée Rhoda Stewart qu'une fois, dit-il, son nom c'était Nancy Kane.

Il regarda Dorothy.

— Votre père le sait, dit-il.

— Vous connaissez mon père ?

— Oui, un jour on a eu une petite discussion.

— À quel sujet ? demandai-je.

— Julia.

Son allumette presque consumée lui brûla le bout des doigts. Il la lâcha, en frotta une autre et alluma sa cigarette. Puis, le front plissé, les sourcils levés, il me demanda :

— J'peux y aller ?

— Sûr. Tu peux parler devant tout le monde, ici.

— Bon. Le vieux était salement jaloux ; j'avais envie de le sonner, mais elle n'a pas voulu : c'était sa vache à lait !

— Il y a combien de temps de ça ?

— Six, huit mois.

— Tu l'as revu depuis qu'elle s'est fait descendre ?

— Non ; j'l'ai vu que deux fois, et celle-là c'était la dernière.

— Elle lui coûtait cher ?

— Elle disait qu'non, mais j'suis bien sûr du contraire.

— Pourquoi ?

— Elle n'était pas folle. Elle en connaissait un bout pour se procurer le fric. Une fois j'avais besoin de cinq sacs ! (Il fit claquer ses doigts.) Comptant !

Je renonçai à lui demander s'il l'avait remboursée.

— C'est lui qui les a peut-être donnés ?

— Et comment… ça se pourrait.

— Tu as raconté tout ça à la police ?

Il eut un rire bref et méprisant.

— Ils croyaient me faire mettre à table en me passant à tabac. Demandez-leur un peu ce qu'ils en pensent maintenant… Vous, vous êtes un type régul. Je ne…

Il s'interrompit, allongea le bras et toucha du bout du doigt l'oreille d'un homme assis à la table voisine qui, le dos tourné, se penchait de plus en plus vers nous.

— Dis donc, fit-il, tire ton plat à barbe de là, tu vas le laisser tomber dans nos verres.

L'homme sursauta et se retourna, montrant un visage pâle et inquiet.

— Je… je… ne fais rien de mal… Shep…, bégaya-t-il ; et il s'écrasa le ventre contre le bord de sa table.

— Tu ne fais rien de mal, dit Morelli, mais c'est pas l'envie qui t'en manque.

Puis il se retourna vers moi.

— Avec vous je suis prêt à l'ouvrir. La gosse est morte, ça ne lui fera pas de mal, mais c'est pas l'équipe de pandores de Mubrooney qui me fera cracher le morceau.

— Parfait, dis-je. Dis-moi ce que tu sais d'elle, demandai-je ; où tu l'as connue, ce qu'elle faisait avant de rencontrer Wynant.

— Faut que j'boive un coup, dit-il.

Il se retourna sur sa chaise et cria :

— Hé ! garçon ! oui, toi, le bombé !

L'espèce de bosco que Studsy avait appelé Pete se fraya un chemin à travers les tables et sourit en regardant Morelli.

— Et pour Monsieur, ce sera ? dit-il en suçotant sans discrétion une dent creuse.

Nous passâmes la commande et le garçon s'en alla.

— Nous habitions le même « block », Nancy et moi, dit Shep. Le vieux Kane avait une boutique au coin ; Nancy me chipait des cigarettes. (Il éclata de rire.) Une fois, le vieux m'a botté les fesses parce que j'avais montré à la petite comment on sortait les jetons des téléphones automatiques avec un fil de fer ; le vieux modèle bien entendu ! Bon Dieu ! on était plutôt empotés à c't'époque-là.

Il eut un nouveau rire guttural.

— Pour me venger, j'avais voulu piquer des bricoles dans une rangée de bicoques en construction tout à côté, pour les planquer dans la cave du vieux et avertir Schultz, le flic en service, mais Nancy n'a pas marché.

— Vous deviez être un amour de gosse, remarqua Nora.

— Je vous crois, dit-il d'un ton attendri ; une fois, j'avais pas cinq ans…

Une voix de femme l'interrompit.

— Il me semblait bien que c'était vous !

Je levai les yeux et reconnus Miriam, la rouquine. C'était à moi qu'elle s'adressait.

— Salut ! répondis-je.

Les mains sur les hanches, elle me regardait d'un air sombre.

— Alors, il en savait trop ! dit-elle.

— Ça se peut, répondis-je, mais en tout cas il l'a gardé pour lui et il s'est taillé avec par l'escalier de secours, ses croquenots autour du cou.

— Foutaise !

— Très bien, mais qu'est-ce qu'il savait donc à votre avis ?

— Où se cache Wynant.

— Ah ! Et où se cache-t-il ?

— Je n'en sais rien ; Art le savait.

— Il aurait dû nous le dire. Nous…

— Foutaise ! répéta-t-elle. Vous le savez et la police aussi. Pour qui me prenez-vous ?

— Je ne sais pas où est Wynant.

— Ne charriez pas ! Vous travaillez pour lui, d'accord avec les flics. Art croyait que ça allait lui rapporter le magot, pauvre con ! Il ne se doutait pas de ce qu'il allait récolter.

— Vous a-t-il dit ce qu'il savait exactement ?

— Je ne suis pas aussi poire que vous le croyez, dit-elle. Il m'a dit qu'il connaissait un truc qui lui rapporterait du fric ; j'ai vu ce que ça allait donner ; je peux encore additionner deux et deux.

— Ça fait quelquefois quatre et quelquefois vingt-deux ! D'abord je ne travaille pas pour Wynant, maintenant ne passez pas votre temps à répéter « foutaise ». Et si vous voulez nous aider…

— Non. C'était un indic ; il n'a pas volé ce qui lui est arrivé. Mais ne pensez pas me faire oublier que je l'ai laissé avec Guild et vous ! et qu'ensuite je l'ai revu mort.

— Je ne veux rien vous faire oublier… Je voudrais que vous vous souveniez si…

— Je vais retrouver les copains, dit-elle.

Elle s'éloigna en se déhanchant d'une façon étonnante.

— J'aimerais pas avoir des histoires avec cette nana, dit Studsy, pensif, ça doit être une belle vache !

Morelli me fit un clin d'œil.

— Je ne comprends pas, Nick ! fit Dorothy en me touchant le bras.

Je la rassurai et demandai à Morelli :

— Tu nous parlais de Julia Wolf.

— Ouais, eh ben ! le vieux Kane l'a foutue à la porte quand elle avait quinze ou seize ans ; après des histoires qu'elle avait eues avec un professeur. Elle s'est mise avec un type qu'on appelait Face Peppler, un type qui jactait pas beaucoup, mais à la hauteur. Je me souviens, un jour... (Il s'interrompit et toussota.) Bref, ils sont restés ensemble cinq ou six ans, sans compter le temps de service de Peppler : pendant ce temps-là, elle était avec un gars dont j'ai oublié le nom, un cousin d'O'Brien, un petit maigriot porté sur la bouteille, mais elle s'est remise avec Face à son retour et ils sont restés collés jusqu'au jour où ils se sont fait poisser pour avoir essayé d'entôler un mec de Toronto. Face a tout pris et elle s'en est tirée avec six mois. Je crois qu'il est toujours dedans. Je l'ai rencontrée à la sortie de taule ; elle m'a tapé de deux cents dollars pour se tailler. Depuis j'ai eu de ses nouvelles une fois, quand elle m'a renvoyé mon fric en m'annonçant qu'elle s'appelait Julia Wolf, qu'elle avait fait sa pelote en ville ! Mais j'ai su que Face était resté en relation avec elle. Alors, quand je me suis amené en 28, j'ai été la voir. Elle...

Miriam était revenue se planter près de moi, les mains sur les hanches, comme avant.

— J'ai réfléchi à ce que vous m'avez dit, fit-elle. Vous devez me croire vraiment poire.

— Pas du tout, dis-je sans grande conviction.

— Ça ! je ne suis pas assez gourde pour croire à vos salades. Pas d'erreur, j'ai les yeux en face des trous, moi.

— Parfait.

— Parfait, mon œil, vous avez descendu Art et…

— Pas si fort, fillette, dit Studsy.

Il se leva et la prit par le bras.

— Viens donc par là, je voudrais te dire un mot, murmura-t-il d'une voix très douce.

Il la mena vers le bar.

Morelli me fit un nouveau clin d'œil.

— Studsy adore ça, dit-il. Où en étais-je ? Oui ! quand j'ai été la voir, elle m'a raconté qu'elle avait ce boulot chez Wynant, qu'il en pinçait pour elle et que tout gazait. Elle a dû apprendre la sténo en Ohio pendant ses six mois en pensant que ça pourrait toujours servir. Vous pigez quoi : dénicher un boulot dans une boîte où on laisserait le coffre ouvert. Une agence l'avait expédiée chez Wynant pour un ou deux jours ; elle s'est dit qu'il valait mieux qu'un petit aller et retour. Elle lui a fait le grand jeu et s'est démerdée pour rester. Elle a été assez roublarde pour lui dire qu'elle avait un petit casier judiciaire, qu'elle allait marcher droit… Comme ça, sa combine ne foirerait pas s'il était affranchi d'un autre côté. Elle a dit que son avocat la tenait à l'œil, etc. Enfin, vous comprenez, je ne sais pas au juste ce qui s'est passé, c'est pas mes oignons, et même si on était copains, elle avait pas besoin de me raconter ses petites affaires. C'était pas ma poule, vous pigez ; on n'était que deux potes, des amis d'enfance, quoi. Bon, je la voyais donc de temps en temps, on venait souvent ici, et puis il s'est mis à faire du foin, et elle m'a dit qu'elle allait arrêter les frais, qu'elle n'allait pas risquer de perdre un filon comme ça pour un verre à droite, à gauche. Et voilà. Ça se passait en octobre, j'crois bien et c'était pas un bobard. Je l'ai pas revue depuis.

— Avec qui d'autre sortait-elle ?

— Je ne sais pas. Elle parlait pas beaucoup des gens.

— Elle portait une bague de fiançailles avec un diamant. Tu ne savais pas ça, non ?

— C'est pas moi qui la lui ai donnée, et je ne l'ai jamais vue.

— Tu penses qu'elle attendait la libération de Peppler pour se remettre avec ?

— Ça se peut. Elle avait pas l'air de s'inquiéter beaucoup ; mais, au fond, je crois qu'ils auraient refait tandem.

— Et le cousin de Dick O'Brien, le petit brun, qu'est-ce qu'il est devenu ?

Morelli me regarda d'un air surpris.

— J'en sais foutre rien ! dit-il.

Studsy revenait vers nous.

— Je me trompe peut-être, dit-il en se rasseyant, mais je crois qu'on pourrait faire quelque chose de cette souris, à condition de savoir la prendre.

— Par la gorge ! dit Morelli.

Studsy eut un rire jovial.

— Non, dit-il, elle se fera ; elle travaille son chant et…

Shep contempla son verre vide.

— Ton lait de panthère doit lui roder les cordes vocales ! dit-il.

Il se retourna pour crier à Pete :

— Hé ! sac-au-dos ! remets-nous ça ! On chante au temple demain.

— Ça vient, ça vient, Sheppy, cria Pete dont le visage perdit instantanément son expression apathique au seul son de la voix de Morelli.

Un énorme type blond albinos qui venait de la table de Miriam vint se camper devant nous et déclara d'une voix aigre et efféminée :

— Alors, c'est vous les gars qui avez arrangé Nunh…

Morelli, sans se lever, le toucha à l'estomac de toutes ses forces. Studsy se détendit comme un ressort et par-dessus Shep lui colla un direct du droit en pleine poire ; par-derrière, Pete l'assommait à grands coups de plateau sur le crâne. L'albinos s'effondra, renversant une table et trois consommateurs. Les deux barmen étaient venus en renfort : l'un d'eux assena un coup de matraque au gros type qui tentait de se relever. Il retomba à quatre pattes tandis que l'autre l'attrapait par le col et l'étranglait proprement d'une savante torsion du poignet. Avec l'aide de Morelli ils le remirent sur pied et allèrent le jeter dehors.

Pete les regarda s'éloigner en suçotant sa dent creuse.

— Ce salaud de Sparrow, m'expliqua-t-il, quand il a un verre dans le nez, faut pas prendre de risques avec lui.

Studsy aidait les clients de la table voisine à se ramasser et à récupérer leurs affaires.

— C'est un sale coup, disait-il, ça ne fait pas marcher le commerce, ma boîte n'est pas un coupe-gorge, mais faut dire ce qui est, c'est pas non plus un pensionnat de jeunes filles !

Dorothy, pâle, tremblait de peur. Nora, les yeux écarquillés, ne bougeait pas.

— C'est un asile de fous, murmura-t-elle. Pourquoi ont-ils fait ça ?

— Tu en sais autant que moi ! lui dis-je.

Morelli et les barmen revinrent, l'air très satisfait d'eux-mêmes.

Shep et Studsy revinrent s'asseoir près de nous.

— Vous êtes des impulsifs ! remarquai-je.

— Impulsifs ! répéta Studsy en rigolant. Ha ! Ha !

Morelli était impassible.

— Quand ce gars-là s'y met, faut toujours le

prendre de vitesse, sans ça, c'est la fin de tout. On l'a déjà vu au boulot, hein, Studsy ?

— Par exemple ? demandai-je. Il n'avait rien fait.

— Ouais, rien, dit lentement Morelli ; mais des fois on sent que ça va venir, pas vrai, Studsy ?

— Tu parles ! approuva Studsy. Un hystérique, quoi !

CHAPITRE 23

Il était près de deux heures du matin quand nous quittâmes le Pigiron après avoir salué Studsy et Morelli.

Affalée dans un coin du taxi, Dorothy gémissait :

— Je vais être malade ! Je le suis…

— Quel pétrole ! dit Nora.

Elle laissa tomber sa tête sur mon épaule.

— Nicky, dit-elle, ta femme est saoule ! Tu m'expliqueras tout ce qui s'est passé, mais pas maintenant, demain. Je n'ai rien compris du tout… mais c'est formidable…

— Je ne peux pas aller chez tante Alice dans cet état, dit Dorothy. Elle aurait une attaque !

— Ils n'auraient pas dû cogner sur ce gros type comme ça, murmura ma femme, quoique ça ait dû les exciter.

— Il vaudrait mieux que je rentre chez maman, continua Dorothy.

— Dis-moi, me demanda Nora, qu'est-ce que c'est qu'un plat à barbe, Nicky ?

— Une oreille.

— Tante Alice me verra sûrement. J'ai oublié la clé et je serai obligée de la réveiller, dit Dorothy.

— Je t'aime, Nicky, dit Nora ; tu sens bon et tu connais des types extraordinaires !

— Ça ne vous ferait pas faire un trop long détour de me déposer chez maman ? dit Dorothy.

Je lui répondis « Non » et donnai l'adresse au chauffeur.

— Venez coucher chez nous, suggéra Nora.

— N… n… Non, hésita Dorothy, il vaut mieux pas.

— Pourquoi ? insista Nora.

— Je ne devrais pas, répondit Dorothy.

Et elles continuèrent ainsi jusqu'à ce que la voiture s'arrêtât devant le Courtland.

Je descendis et j'aidai Dorothy à s'extraire du taxi. Elle pesait lourdement sur mon bras.

— Montez une minute, dit-elle, je vous en prie.

— Rien qu'une minute ! fit Nora, et elle sortit à son tour.

Je dis au chauffeur d'attendre. Nous prîmes l'ascenseur. Sur le palier Dorothy sonna. Gilbert nous ouvrit. Il était en pyjama et robe de chambre. Il leva la main et dit à voix basse :

— La police est ici.

La voix de Mimi nous parvint du salon.

— Qui est là ?

— M. et Mme Charles et Dorothy !

Mimi vint au-devant de nous.

— Je n'ai jamais été aussi heureuse de vous voir ! s'écria-t-elle ; je ne savais plus où donner de la tête.

Elle portait un négligé de satin rose sur une chemise de nuit en soie de même couleur. Son visage, rose également, exprimait une vive satisfaction. Elle ignora Dorothy et nous serra la main.

— Maintenant, fit-elle, je ne m'occupe plus de rien. Je te laisse prendre l'affaire en main. Nick, tu vas dire à cette pauvre folle de Mimi ce qu'il faut faire.

— Sale garce ! murmura Dorothy dans mon dos avec conviction.

Mimi ne parut pas avoir entendu. Sans nous lâcher les mains elle nous mena vers le salon en bavardant.

— Vous connaissez le lieutenant Guild ? Il a été charmant, mais j'ai mis sa patience à rude épreuve, j'ai été si… eh bien ! si bouleversée… mais maintenant que tu es là…

Nous entrâmes dans la pièce.

— Salut ! me dit Guild ; bonsoir, madame !

Le type qui l'accompagnait, le nommé Andy qui l'avait aidé à fouiller notre appartement le jour de la visite de Morelli, nous salua d'un grognement et d'un signe de tête.

— Quoi de neuf ? demandai-je.

Guild regarda Mimi du coin de l'œil, puis se tourna vers moi.

— La police de Boston a trouvé Jorgensen ou Rosewater, comme vous voudrez, chez sa première femme et lui a posé quelques questions. Il prétend surtout qu'il n'est pour rien dans le meurtre de Julia Wolf et, d'autre part, Mme Jorgensen peut nous en donner la preuve car elle a caché une preuve accablante contre Wynant. (Il lança un nouveau coup d'œil vers Mimi.) Cette dame n'est pas encore décidée à parler et, pour dire vrai, monsieur Charles, je ne sais pas très bien comment m'y prendre.

Je n'étais guère étonné.

— Elle doit être affolée, dis-je.

Mimi s'efforça instantanément de prendre un air affolé.

— A-t-il divorcé d'avec cette première femme ? demandai-je.

— Elle prétend que non, répondit Guild.

— Elle ment ! s'écria Mimi, j'en suis sûre.

— Chhht ! dis-je. On le ramène à New York ?

— Il semble bien qu'il faudra demander l'extradition si on veut l'amener ici. On dit de Boston qu'il réclame un avocat à cor et à cri.

— Vous avez tellement besoin de lui ?

Guild haussa les épaules.

— Si cela peut nous aider à découvrir le meurtrier, oui ! Mais les histoires de bigamie, je m'en bats l'œil ! ça n'est pas de mon ressort.

— Eh bien ! Mimi ? dis-je.

— Puis-je te parler seul à seul ? répondit-elle.

J'interrogeai Guild du regard.

— Si ça peut servir à quelque chose..., dit-il.

Dorothy me toucha le bras.

— Nick, dit-elle, écoutez-moi d'abord, je...

Elle s'interrompit : tout le monde la regardait.

— Quoi ? demandai-je.

— Je... je voulais vous parler la première !

— Vas-y !

— Je veux dire vraiment seuls.

Je lui caressai la main.

— Plus tard ! dis-je.

Mimi me conduisit dans sa chambre et ferma soigneusement la porte. Je m'assis sur le lit et allumai une cigarette. Mimi adossée au battant de la porte me regardait avec un sourire aimable et confiant. Une demi-minute s'écoula.

— Tu m'aimes un peu, Nick ? demanda-t-elle enfin.

Je ne répondis pas.

— Eh bien ? ajouta-t-elle.

— Non.

Elle se mit à rire et vint vers moi.

— Tu veux dire que tu n'approuves pas ma conduite, fit-elle, s'asseyant près de moi sur le lit. Mais m'aimes-tu assez pour m'aider ?

— Ça dépend !

— De quoi ?

La porte s'ouvrit, Dorothy entra.

— Nick, dit-elle, il faut que…

Mimi sauta sur ses pieds et se dressa devant sa fille.

— Fous le camp ! dit-elle entre ses dents. Dorothy hésita une fraction de seconde, puis déclara :

— Non ! Vous n'allez pas…

Mimi lui gifla violemment la bouche du revers de la main.

— Fous le camp ! répéta-t-elle.

Dorothy poussa un cri, mit une main sur son visage et, son regard terrifié sur Mimi, elle battit en retraite et sortit.

Mimi lui claqua la porte au nez.

— Il faudra venir un jour à la maison me donner une leçon de dressage, dis-je doucement.

Elle ne parut pas m'entendre ; ses yeux s'étaient assombris ; sa voix prit une intonation pesante, gutturale :

— Ma fille est amoureuse de toi ! affirma-t-elle.

— Tu es folle !

— Si, reprit-elle, et elle est jalouse de moi. Elle est absolument hors d'elle dès que je t'approche.

Mimi parlait comme si elle songeait à autre chose.

— Tu es vraiment braque ! C'est peut-être un relent du béguin qu'elle avait pour moi à douze ans, mais ça ne va pas plus loin.

Mimi hocha la tête.

— Tu te trompes, dit-elle, enfin, c'est sans importance.

Elle se rassit près de moi sur le lit.

— Il faut que tu me tires de cette impasse.

— Bien sûr, dis-je. Tu es une fleur[1] délicate qui a besoin de la protection d'un homme.

— Oh ! ça va, dit-elle, désignant de la main la porte qui venait de se refermer sur Dorothy. Tu ne vas tout de même pas… Enfin, tu as déjà vu ça cent fois… et tu l'as fait toi-même. Ce n'est pas ça qui va t'inquiéter.

Elle me sourit de nouveau, le regard lourd, une main sur les lèvres.

— Si tu veux Dorothy, prends-la, murmura-t-elle, mais ne pousse pas la romance… Enfin, peu importe. Bien entendu je ne suis pas une « fleur délicate », tu n'en as jamais pensé le premier mot.

1. En français dans le texte.

— En effet, reconnus-je.

— Alors, fit-elle d'un air décidé.

— Alors quoi ?

— Assez de singeries, dit-elle, tu sais ce que je veux dire ; tu me comprends aussi bien que je te comprends moi-même.

— À peu près, mais c'est toi qui compliques toujours tout…

— Je sais, mais c'était un petit jeu ; je suis sérieuse maintenant. Ce salaud de Chris s'est bien payé ma tête, Nick, et maintenant il est dans le pétrin et il attend que je le sauve !

Elle posa une main sur mon genou ; je sentis ses ongles s'enfoncer dans ma cuisse.

— La police ne me croit pas, reprit-elle ; comment leur prouver qu'il a menti, que je n'en sais pas plus que le jour de ma première déclaration ?

— C'est difficile, dis-je lentement, surtout si Jorgensen se contente de répéter ce que tu m'as raconté tout à l'heure.

Elle retint un instant son souffle et ses ongles s'enfoncèrent un peu plus.

— Tu leur as raconté tout ça ?

— Pas encore, dis-je en ôtant sa main de mon genou.

Elle poussa un soupir de soulagement.

— Et tu ne leur diras rien maintenant, n'est-ce pas ? murmura-t-elle.

— Pourquoi pas ?

— Parce que c'est un mensonge. Il a menti. Moi aussi. Je n'ai rien trouvé, rien du tout !

— Nous voilà revenus en arrière, remarquai-je, et je te crois autant maintenant qu'avant. Mais alors, pourquoi parler de se comprendre, de supprimer les manières et autres entourloupettes ?

Elle me tapota légèrement la main.

— Entendu, dit-elle, j'ai trouvé quelque chose — oh ! presque rien — mais je ne vais pas parler pour sauver ce salaud. Tu comprends mes sentiments, n'est-ce pas, Nick ? À ma place tu en ferais autant…

— Peut-être, répondis-je, mais au point où en sont les choses je n'ai aucune raison de t'épauler. Ton Chris n'est pas mon ennemi ; je n'ai rien à gagner à t'aider à le faire coincer.

Elle soupira.

— J'y ai beaucoup réfléchi, dit-elle ; je sais bien que la somme que je pourrais offrir ne t'intéresserait pas (elle grimaça un drôle de sourire), ni mon beau corps si blanc. Mais n'as-tu pas intérêt à sauver Clyde ?

— Pas nécessairement.

Elle se mit à rire.

— Je ne comprends pas ce que tu veux dire.

— Je veux dire qu'il n'a pas besoin d'être sauvé : la police n'a pas grand-chose contre lui : il est cinglé, il était à New York le jour du crime et Julia le plumait ; ça ne suffit pas pour l'arrêter.

— Mais il y a aussi une petite contribution, dit-elle en riant.

— Comment ça ? dis-je.

Et je continuai sans obtenir la réponse que je n'attendais pas :

— Quoi que ce soit, tu es une gourde, Mimi. Tu tiens Chris à ta merci avec cette histoire de bigamie. Vas-y à fond…

Elle sourit.

— Je tiens ça en réserve au cas où il…

— Où il passerait au travers à propos du meurtre, ajoutai-je. Ça n'ira pas, ma petite. Tu peux le faire mettre trois jours en taule ; là-dessus le district attorney l'interrogera, enquêtera, saura très vite qu'il n'y est pour rien et que tu t'es foutue de lui et, quand tu viendras lui servir ton histoire de bigamie, il t'enverra au bain et refusera de poursuivre.

— Mais il n'a pas le droit, Nick !

— Il le prendra ! affirmai-je, et s'il peut trouver que tu as dissimulé quelque chose, tu le sentiras passer.

— C'est bien vrai, tout ça ? demanda-t-elle en se mordant la lèvre.

— Je te dis exactement ce qui arrivera… à moins que les procureurs n'aient beaucoup changé depuis le bon vieux temps !

Elle se mordit de nouveau la lèvre.

— Je ne veux pas qu'il s'en tire si facilement, dit-elle, et je ne veux pas non plus y laisser des plumes.

Elle leva les yeux sur moi.

— Si tu me racontes des bobards, Nick…

— Crois-moi ou non, c'est ton affaire !

Elle sourit, me prit par la nuque et m'embrassa sur la bouche. Puis elle se leva.

— Tu es une telle crapule ! dit-elle, mais je te fais confiance.

Elle se mit à arpenter la pièce, les yeux brillants, le visage détendu.

— Est-ce que j'appelle Guild ? demandai-je.

— Non, attends, j'aimerais… connaître d'abord ton opinion.

— Si tu veux, mais pas de boniments !

— Tu as peur de ton ombre, dit-elle, rassure-toi, je parle sérieusement.

— Parfait, dis-je (et je lui demandai de me montrer ce qu'elle avait à me montrer). Les autres doivent commencer à fumer.

Elle marcha vers une armoire dont elle ouvrit la porte, poussa des vêtements de côté et plongea le bras.

— Tiens, murmura-t-elle, c'est bizarre !

— Bizarre, répétai-je, c'est affreux oui, Guild va en faire une maladie.

Je me dirigeai vers la porte.

— Quelle tête de cochon, fit-elle ; voilà, je l'ai.

Elle se retourna vers moi, un mouchoir chiffonné à la main. Comme je m'approchais, elle me montra, à l'intérieur, un fragment de chaîne de montre, long de quelques centimètres, portant à une extrémité un minuscule canif en or. C'était un mouchoir de femme. Il était semé de taches brunâtres.

— Eh bien ? demandai-je.

— C'était dans la main de Julia, je l'ai vu quand ils m'ont laissée seule dans la pièce et j'ai reconnu la chaîne de Clyde, alors je l'ai prise.

— Tu es sûre de ne pas te tromper ?

— Mais oui ! fit-elle avec impatience. Tu vois, les anneaux sont alternés : or, argent et cuivre ; il a fait faire cette chaîne avec les premiers lingots de métal traités par le procédé qu'il a inventé. Tous ceux qui connaissent Clyde peuvent identifier la chaîne. (Elle me montra le canif gravé aux initiales C. M. W.) Ce sont ses initiales ; je ne lui avais jamais vu ce couteau, mais il portait la chaîne depuis des années.

— Aurais-tu pu la décrire sans l'avoir revue ?

— Certainement.

— Ce mouchoir est à toi ?

— Oui.

— Et les taches… c'est du sang ?

— Oui. La chaîne était dans sa main, je t'ai dit, et il y avait du sang dessus. (Elle fronça le sourcil.) Tu ne… tu as l'air de ne pas me croire ?

— Pas exactement, répondis-je, mais j'aimerais être sûr que tu me sers la version définitive.

Elle tapa du pied.

— Oh ! toi..., dit-elle.

Puis elle se mit à rire.

— Quel poison tu es, Nick ! Je dis la vérité cette fois. Je t'ai dit exactement ce qui s'est passé.

— Je l'espère ; il n'est que temps. Es-tu bien sûre que Julia n'ait pas repris connaissance et ne t'ait rien dit ?

— Tu essayes de me fiche dedans ! Eh bien ! non, j'en suis parfaitement sûre.

— Bien, attends-moi ici, je vais chercher Guild, mais si tu lui racontes que la chaîne était dans la main de Julia et qu'elle vivait encore, il va se demander si tu ne l'as pas un peu bousculée pour la lui prendre.

Elle ouvrit de grands yeux.

— Qu'est-ce qu'il faut lui répondre ? demanda-t-elle.

Je sortis et fermai la porte derrière moi.

CHAPITRE 24

Nora, l'air endormi, bavardait avec Guild et Andy dans le salon. Les Wynant junior étaient hors de vue.

— Allez-y ! dis-je à Guild ; première porte à gauche ; elle est prête à vous recevoir.

— Vous avez réussi ? interrogea-t-il.

Je fis oui de la tête.

— Alors ? fit-il.

— Alors faites un essai à votre tour, ensuite on fera l'addition et on tirera un trait, suggérai-je.

— Ça va. Tu viens, Andy ?

Ils sortirent.

— Où est Dorothy ? demandai-je à Nora.

Elle me répondit en bâillant :

— Je la croyais avec sa mère et toi ; Gilbert est par là ; je l'ai vu il y a une minute. On va encore rester longtemps ici ?

— Non.

Je ressortis dans le couloir, dépassai la chambre de Mimi. La porte suivante était ouverte. Je risquai un œil dans la chambre : elle était vide. Je frappai à la porte en face qui, elle, était fermée.

— Qui est là ? demanda la voix de Dorothy.

— Nick, dis-je.

Et j'entrai.

Elle était allongée sur le lit tout habillée, elle avait seulement échangé ses chaussures pour des mules. Gilbert était assis près d'elle. Elle avait les yeux rouges, les lèvres un peu bouffies. Elle leva la tête et me fixa d'un œil morne.

— Tu veux toujours me parler ? demandai-je.

Gilbert se leva.

— Où est maman ? dit-il.

— En train de discuter avec les flics.

Il murmura quelques mots que je ne compris pas et sortit.

Dorothy frissonna.

— Il me donne la chair de poule, dit-elle.

Puis elle reprit son air abattu.

— Alors, tu veux toujours me parler, répétai-je.

— Pourquoi vous être mis aussi contre moi ? gémit-elle.

— Tu es idiote ! dis-je en m'asseyant à la place de Gilbert. Sais-tu quelque chose du canif et du bout de chaîne que ta mère prétend avoir trouvés ?

— Non. Où ?

— Que voulais-tu me dire ?

— Plus rien... maintenant, dit-elle d'un ton aigre, sinon que vous pouvez essuyer les traces de son rouge à lèvres.

Je me frottai la bouche. Elle m'arracha mon mouchoir, en fit une boule et se pencha pour atteindre une boîte d'allumettes sur la table de nuit. Elle en frotta une.

— Ça va empester, remarquai-je.

— Je m'en fiche, répondit-elle, mais elle souffla l'allumette.

Je pris le mouchoir et, ouvrant la fenêtre, je le jetai au-dehors. Puis je revins m'asseoir.

— Voilà, dis-je, si ça peut te soulager.

— Qu'est-ce que maman vous a dit de moi ?

— Que tu m'aimais.

Elle se mit brusquement sur son séant.

— Et qu'est-ce que vous avez dit ?

— Que tu m'aimais déjà quand tu étais une gosse.

Sa lèvre inférieure se mit à trembler.

— Et vous... vous croyez que c'est seulement ça ? bégaya-t-elle.

— Quoi d'autre, alors ?

— Je ne sais pas ! dit-elle en pleurant. Tout le monde se moque de moi : maman, Gilbert, Harrisson... Je...

— Qu'ils aillent au diable, dis-je, la prenant dans mes bras.

— Maman est amoureuse de vous ? demanda-t-elle après un silence.

— Ah ! bon Dieu non ! Elle déteste les hommes, plus qu'aucune femme que j'aie jamais connue.

— Mais elle a toujours une sorte de…

— Ça, c'est le tempérament ! interrompis-je, mais ne t'y trompe pas : Mimi déteste les hommes, tous… et cordialement.

Elle avait cessé de pleurer.

— Je ne comprends pas ! dit-elle, les sourcils froncés. Est-ce que vous la détestez ?

— Pas toujours.

— Et maintenant ?

— Non. Elle est stupide et elle se croit très forte, ce qui est toujours une plaie, mais je ne la déteste pas.

— Moi, je la hais ! ricana Dorothy.

— Tu me l'as déjà dit. Dis-moi, je voulais te demander : connais-tu ou as-tu jamais vu cet Arthur Nunheim dont nous avons parlé ce soir au Pigiron ?

Elle me jeta un regard aigu.

— Vous voulez changer de conversation, dit-elle.

— Je veux savoir, repris-je, c'est tout.

— Non.

— On a parlé de lui dans les journaux, continuai-je. C'est lui qui a dit à la police que Morelli connaissait Julia.

— Je ne me souviens pas de ce nom. Je l'ai entendu ce soir pour la première fois, répondit Dorothy.

Je lui fis une description du personnage.

— Tu ne l'as jamais vu ? redemandai-je.

— Non.

— Il se faisait parfois appeler Albert Norman. Ça ne te dit rien ?

— Non.

— Tu ne connais aucune des personnes que nous avons vues ce soir chez Studsy ?

— Non, Nick. Si je savais quelque chose, je vous le dirais.

— Même si quelqu'un devait s'en mordre les doigts ?

— Oui, dit-elle spontanément, puis elle ajouta : Que voulez-vous dire ?

— Tu le sais aussi bien que moi.

Elle enfouit son visage dans ses mains et murmura :

— J'ai peur, Nick, j'...

On frappa à la porte. Dorothy sursauta.

— Entrez ! dis-je.

Andy entrouvrit la porte et passa la tête.

— Le lieutenant voudrait vous voir, dit-il en s'efforçant de masquer sa curiosité.

— Je viens.

Il poussa un peu plus le battant.

— Il attend, insista-t-il.

Il crut m'adresser un clin d'œil, mais ne réussit qu'à faire une atroce grimace.

— Je reviens ! dis-je à Dorothy, et je suivis Andy.

Il referma doucement la porte et me dit à l'oreille :

— Le gosse se rinçait l'œil par le trou de la serrure !

— Gilbert ?

— Oui. Il s'est taillé quand il m'a entendu, mais j'ai eu tout le temps de le repérer.

— C'est une manie sans danger, dis-je. Comment vous en tirez-vous avec la mère Jorgensen ?

Andy gonfla les joues et émit un sifflement prolongé.

— Une sacrée rombière ! fit-il.

CHAPITRE 25

Nous entrâmes dans la chambre de Mimi. Elle était enfoncée dans un fauteuil profond près de la fenêtre et paraissait très satisfaite d'elle-même.

— J'ai la conscience pure et sans tache, me dit-elle, avec un sourire aimable ; j'ai tout avoué.

Guild, debout près de la table, s'essuyait la figure avec son mouchoir. Quelques gouttes de sueur perlaient encore à ses tempes. Il était las et comme vieilli. Le mouchoir, le canif et le bout de chaîne étaient posés sur la table.

— Fini ? demandai-je.

— Je n'en sais rien, ma parole ! dit le policier.

Il se tourna vers Mimi.

— Croyez-vous que nous en ayons fini ? lui demanda-t-il.

— Je ne sais pas ce que je pourrais vous dire de plus, déclara-t-elle en riant.

— Alors, dit Guild, tendrement, presque embarrassé ; dans ce cas, j'aimerais dire un mot à M. Charles, si vous le permettez.

Il plia soigneusement son mouchoir et le remit dans sa poche.

— Vous pouvez bavarder ici, dit-elle, se levant. Je vais aller tenir compagnie à Mme Charles, en attendant.

Elle me tapota la joue du bout de l'index en passant près de moi.

— Ne le laisse pas trop me traîner dans la boue, Nick, fit-elle d'un ton léger.

Andy lui ouvrit la porte, la referma derrière elle et émit un nouveau sifflement.

Je m'assis sur le lit.

— Eh bien ? demandai-je.

Guild s'éclaircit la gorge.

— Elle nous a raconté l'histoire de la chaîne et du canif et les raisons pour lesquelles elle avait gardé ça pour elle. Entre nous, ça ne tient pas debout du point de vue logique. Peut-être faut-il voir la chose sous un autre angle ? Bref, il faut bien le dire, je ne comprends rien à cette femme.

— L'essentiel avec elle, dis-je, c'est de ne pas se lasser. Quand vous l'avez convaincue de mensonge, elle avoue et vous sort un nouveau bobard destiné à succéder au précédent, et ainsi de suite. La plupart des gens — même des femmes — se découragent quand vous les avez pris trois ou quatre fois de suite en flagrant délit et finissent par cracher le morceau… ou par se taire. Pas Mimi, elle n'arrête jamais et si vous n'y faites pas attention vous finissez par la croire, non pas parce que ça sonne moins faux que le reste, mais parce que vous en avez plein le dos de vous méfier.

— Peut-être ! dit Guild, pensif.

Il glissa son index sous son col.

— Dites donc, vous croyez qu'elle a descendu cette poule ? demanda-t-il d'un ton gêné.

Je constatai qu'Andy me dévorait littéralement des yeux.

Je m'assis posément.

— J'aimerais le savoir, dis-je. Cette histoire de chaîne m'a l'air d'un coup monté. Nous pourrons rechercher si Wynant en a eu une de ce genre et s'il l'a encore. Si Mimi s'en souvient si bien, elle a pu la faire copier. Tout le monde peut acheter un canif et y faire graver n'importe quelles initiales. Mais cette théorie a ses points faibles. Si elle a combiné la chose, peut-être avait-elle la chaîne depuis des années ; c'est à vous de vérifier tout ça.

— Nous faisons au mieux, dit Guild patiemment. Alors vous croyez qu'elle est coupable ?

— Du meurtre ? (Je secouai la tête.) Je ne vais pas jusque-là ! Et Nunheim ?

— Les balles venaient bien du même pétard... toutes les cinq.

— Il a reçu cinq pruneaux ?

— Oui, à bout portant.

— J'ai vu sa poule, la rouquine, ce soir, dans une boîte. Elle prétend que nous l'avons tué, vous et moi, parce qu'il en savait trop.

— Tiens, tiens, dit-il ; dans quelle boîte ? J'aimerais lui faire un brin de causette.

— Au Pigiron, chez Studsy Burke.

Je lui donnai l'adresse.

— Morelli a l'air d'être un habitué, continuai-je. Il m'a dit que le vrai nom de Julia était Nancy Kane et qu'elle avait un coquin qui faisait de la taule dans l'Ohio — un nommé Face Peppler.

— Tiens ! fit Guild d'un ton qui me convainquit qu'il était déjà au courant. Et c'est tout ce que vous avez ramassé dans vos pèlerinages ?

— Un de mes copains, Larry Crowley, un journaliste, a vu Jorgensen sortant du mont-de-piété de la Sixième Avenue, hier après-midi.

— Vraiment ?

— Ça n'a pas l'air de vous passionner ! dis-je. Je suis…

Mimi ouvrit la porte et entra portant sur un plateau une bouteille de whisky, un siphon, des verres et de la glace.

— J'ai pensé que vous auriez soif, dit-elle aimablement.

Nous la remerciâmes.

Elle posa le plateau sur la table, dit : « Je ne veux pas vous déranger », sourit avec cet air de tolérance amusée que prennent les femmes devant un groupe d'hommes, et sortit.

— Vous disiez ? me rappela Guild.

— Que si vous ne me croyez pas régulier, il faut le dire tout de suite, répondis-je.

— Non, non, il ne s'agit pas de ça, monsieur Charles, s'empressa de répondre Guild, rougissant brusquement. En fait, le commissaire général m'a demandé de presser le mouvement. Alors ça doit me porter sur les nerfs. Ce second meurtre n'a pas arrangé les choses.

Il se tourna vers le plateau.

— Comment le prenez-vous ? dit-il.

— Sec, merci. Avez-vous de nouveaux indices ?

— Rien, même arme, mêmes pruneaux, c'est tout ! Ça s'est passé dans le hall d'un immeuble entre deux magasins. Personne n'y connaît Nunheim ou Wynant. La porte du hall est ouverte en permanence, n'importe qui peut entrer et ça ne nous avance pas beaucoup.

— Personne n'a rien vu ou entendu ?

— Si, on a entendu la fusillade, mais sans voir qui tirait.

Il me tendit mon verre de whisky.

— A-t-on retrouvé des douilles vides ?

— Non, pas plus que chez Julia Wolf. Un revolver, sans doute.

— Et les deux fois il a vidé son barillet en comptant la balle qui a démoli le téléphone et si, comme c'est fréquent, l'alvéole sous le chien du pétard était vide.

Guild qui allait boire reposa son verre sur la table.

— Vous n'allez pas fourrer des Chinois dans l'histoire maintenant, dit-il, sous prétexte qu'ils tirent presque tous de cette façon-là !

— Non, mais tout peut servir. Vous savez où était Nunheim le jour de l'assassinat ?

— Ouais, il a rôdé pendant un moment autour de la maison de la jeune fille, si l'on en croit le témoignage de gens qui n'ont guère attaché d'importance à cette constatation et n'ont aucune raison de mentir. Et la veille, Nunheim était monté jusqu'à l'appartement de Julia, d'après le liftier. Le gamin prétend qu'il est redescendu presque tout de suite, peut-être sans même entrer dans l'appartement.

— Peut-être Miriam a-t-elle raison, dis-je, il en savait trop long. Avez-vous trouvé aussi d'où venait la différence de quatre mille dollars entre la somme remise par Macaulay et celle que Wynant prétend avoir reçue ?

— Non.

— Morelli dit que Julia était toujours pleine aux as. Elle lui aurait prêté un jour cinq mille dollars en espèces.

— Tiens ! fit Guild avec surprise.

— Oui, il prétend aussi que Wynant connaissait le passé de Julia.

— Ce Morelli m'a tout l'air de vous avoir raconté un tas de choses, dit lentement Guild.

— Il est plutôt bavard. Vous n'avez rien découvert sur les dernières expériences auxquelles travaillait Wynant avant de filer ?

— Non. Ça vous intéresse, hein, ce laboratoire ?

— Pourquoi pas ! C'est un inventeur. Il travaillait dans ce local. J'aimerais bien y jeter un coup d'œil.

— Ne vous gênez pas. Parlez-moi un peu de Morelli. Comment avez-vous obtenu tous ces tuyaux ?

— Je vous répète qu'il est bavard. Connaissez-vous un nommé Sparrow ? Un type blond filasse avec une voix de tapette ?

— Non. Pourquoi ? dit Guild en fronçant le sourcil.

— Il était là aussi, avec Miriam. Il a essayé de me sauter dessus, mais on ne l'a pas laissé faire.

— Et pourquoi a-t-il fait ça ?

— Je ne sais pas. Peut-être Miriam lui a-t-elle dit que je vous avais aidé à descendre Nunheim.

— Oh ! fit Guild.

Il se gratta le menton et regarda sa montre.

— Il est tard, reprit-il. Si vous passiez me voir demain ; aujourd'hui, je veux dire !

Je me contentai de lui dire : « Entendu » et sortis pour regagner le salon.

Nora roupillait sur le divan ; Mimi posa son livre et me demanda :

— Le huis clos est levé ?

— Oui.

Je m'approchai du divan.

— Laisse-la dormir, Nick ; tu vas attendre que les policiers soient partis, non ?

— Si tu veux. Je voudrais revoir Dorothy.

— Elle dort.

— Tant pis, je la réveillerai.

— Mais…

Guild et Andy entrèrent et nous nous dîmes bonsoir. Guild contempla avec regret Nora endormie et ils sortirent.

— J'en ai assez de ces flics, soupira Mimi.

Gilbert fit son entrée.

— Est-ce qu'ils croient vraiment Chris coupable ? interrogea-t-il.

— Non, dis-je.

— Qui alors ?

— J'aurais pu te le dire hier, aujourd'hui je ne sais plus.

— C'est ridicule, protesta Mimi ; ils savent très bien — toi aussi d'ailleurs — que c'est Clyde.

Je ne dis rien et Mimi répéta sa phrase d'un ton plus sec.

— Non, ce n'est pas lui, dis-je.

Une expression de triomphe illumina le visage de Mimi.

— Tu travailles pour lui, c'est bien ça, hein ? dit-elle.

Mon « non » catégorique resta sans effet appréciable.

— Pourquoi ne serait-il pas coupable ? demanda Gilbert d'un ton détaché.

— Il *pourrait* l'être, dis-je, mais il ne l'*est* pas. Aurait-il écrit des lettres pour rejeter les soupçons sur Mimi qui l'aide en cachant la preuve de sa culpabilité ?

— Il ne le savait peut-être pas, insista Gilbert. Il a peut-être pensé que la police en savait plus long qu'elle ne voulait l'avouer : c'est souvent le cas, non ? Et s'il espérait discréditer son ex-femme pour jeter le doute sur son témoignage ?

— Voilà, Nick, s'écria Mimi, c'est exactement ce qu'il a fait.

— Tu crois ton père coupable ? demandai-je à Gilbert.

— Non, répondit le jeune homme, mais je voudrais connaître vos raisons, votre méthode ?

— Et moi la tienne.

Il rougit et sourit d'un air embarrassé.

— Oh ! moi, fit-il, c'est différent !

— Il sait qui l'a tuée ! dit Dorothy debout dans l'encadrement de la porte.

Elle était encore habillée ; les yeux fixés sur moi comme si elle craignait de regarder une autre personne. Elle était pâle et rigide contre le chambranle.

Nora ouvrit les yeux, se souleva sur un coude et marmonna un « Quoi ? » endormi.

Personne ne répondit.

— Dorothy, dit Mimi, tu ne vas pas encore nous jouer une de tes tragi-comédies ?

— Vous pourrez me taper dessus après leur départ, vous ne vous gênerez pas ! dit-elle sans cesser de me regarder.

Mimi faisait des efforts pour avoir l'air de ne pas comprendre.

— Tu es grotesque, Dorry, murmura Gilbert, tu…

— Laisse-la parler, dis-je. Qui l'a tuée, Dorothy ?

Elle regarda son frère, baissa les yeux et tout son corps parut se détendre.

— Je ne sais pas, bredouilla-t-elle, il le sait, lui !

Puis elle se mit à trembler et releva les yeux vers moi.

— Vous ne voyez donc pas que j'ai peur ! cria-t-elle. Emmenez-moi et je dirai tout, mais ici ils me font peur !

Mimi éclata de rire.

— Et voilà, Nick, dit-elle ; tu l'as cherché, tu es servi.

— C'est vraiment idiot ! murmura Gilbert en rougissant.

— Entendu, je t'emmènerai, dis-je à Dorothy, mais j'aimerais t'entendre ici pendant que nous sommes ensemble.

— J'ai peur ! dit-elle en secouant la tête.

— Tu ne devrais pas la gâter comme ça, Nick, dit Mimi. Elle va être de pire en pire.

— Qu'en penses-tu ? demandai-je à Nora.

Nora se leva et s'étira sans lever les bras, le visage rose et reposé, elle était charmante, comme toujours après avoir dormi.

Elle me fit un sourire paresseux et dit :

— Rentrons ! Ces gens m'embêtent. Allez chercher votre manteau et votre chapeau, Dorothy.

— Va te coucher ! dit Mimi à la jeune fille.

Dorothy, le bout des doigts sur les lèvres, bégaya :

— Protégez-moi, Nick ; elle va me battre.

Je surveillais Mimi dont le visage arborait un sourire placide, mais ses narines frémissaient et je l'entendais respirer bruyamment.

— Venez, dit Nora, s'approchant de Dorothy ; vous allez vous passer un peu d'eau sur la figure et...

Mimi poussa une sorte de grognement animal, les muscles de son cou se contractèrent et elle parut prendre son élan.

Nora s'était placée entre Mimi et Dorothy. J'empoignai Mimi par une épaule comme elle s'élançait, puis, la ceinturant par-derrière, je la soulevai de terre. Elle se mit à hurler et à me marteler de ses poings tandis que ses hauts talons aigus m'entamaient douloureusement les tibias.

Nora poussa Dorothy hors de la pièce et attendit sur le seuil en nous observant. Je distinguais très nettement son visage, mais tout le reste semblait plongé dans une sorte de brouillard. Puis des coups faibles et maladroits, frappés par-derrière, sur mon dos et mes épaules, me révélèrent l'intervention de Gilbert venu à la rescousse. Je l'écartai d'une bourrade en lui disant :

— Tire-toi de là, je vais te faire mal !

Puis je portai Mimi sur le divan où je la couchai de force, m'assis sur ses genoux en lui emprisonnant les poignets.

Gilbert revint à la charge. Je lui décochai un coup de pied visant la rotule, mais je le touchai trop bas ; il roula par terre ; je donnai un nouveau coup de pied dans le vide et déclarai :

— On continuera le round tout à l'heure, va me chercher de l'eau.

Le visage de Mimi était devenu violet, ses yeux saillaient, vitreux, aveugles, exorbités, ses dents serrées laissaient filtrer un filet de bave, son corps tout entier n'était plus qu'une masse de muscles et de veines raidis, gonflés, prêts à éclater. Ses poignets, moites et brûlants, me glissaient entre les doigts.

Nora revint enfin avec un grand verre d'eau.

— Asperge-lui la figure ! dis-je.

Elle obéit. Mimi desserra les lèvres, haleta et ferma les yeux ; elle secoua violemment la tête, mais la tension de ses muscles parut décroître.

— Encore ! dis-je à Nora.

Le second verre d'eau lui fit bafouiller une protestation et elle cessa de lutter ; elle s'immobilisa, haletante, épuisée.

Je lui lâchai les poignets et me relevai. Gilbert, debout sur un pied, appuyé à une table, se frictionnait la jambe. Dorothy, affolée, très pâle, était figée sur le pas de la porte, ne sachant si elle allait entrer ou se sauver. Nora était très près de moi, le verre vide à la main.

— Tu crois que ça va aller ? dit-elle.

— Oui, c'est fini ! répondis-je.

Mimi ouvrit les yeux et les referma pour en chasser les gouttes d'eau. Je lui mis un mouchoir dans la main ; elle s'essuya le visage, frissonna, poussa un gros soupir et se mit sur son séant. Elle regarda autour d'elle, les paupières battantes. Quand elle me vit, elle sourit faiblement, un sourire confus, mais sans trace de remords. Elle toucha ses cheveux d'une main tremblante et murmura :

— Quelle douche !

— Un de ces jours, avec une crise comme celle-là, tu y passeras !

Elle regarda son fils sans répondre.

— Gilbert, dit-elle, qu'est-ce que tu as ?

Il cessa brusquement de frictionner sa jambe et posa le pied par terre :

— Euh… rien ! bafouilla-t-il… ça va très bien.

Il se lissa les cheveux et arrangea sa cravate.

Mimi éclata de rire.

— Oh ! Gilbert, s'écria-t-elle, tu as vraiment essayé de me défendre, et contre Nick ! C'est très gentil, mais stupide ! Cet homme est un monstre, Gil. Personne ne…

Elle s'interrompit et rit de plus belle, se balançant d'avant en arrière et d'arrière en avant.

Je jetai un coup d'œil sur Nora. Elle avait les lèvres serrées et le regard noir. Je lui touchai le bras.

— Filons, dis-je. Gilbert, sers un verre à ta mère ; dans une ou deux minutes elle ira très bien.

Dorothy, manteau sur le bras et chapeau à la main, marcha jusqu'à la porte sur la pointe des pieds. Nora et moi la suivîmes, laissant Mimi sur son divan en train d'étouffer une crise de rire dans son mouchoir.

Dans le taxi, et jusqu'au Normandie, Nora renfrognée, Dorothy encore très effrayée, et moi-même fatigué de cette journée bien remplie n'échangeâmes pas trois mots.

Il était près de cinq heures quand nous arrivâmes au Normandie. Asta nous accueillit avec des transports de joie. Je m'accroupis pour jouer avec elle tandis que Nora allait faire du café. Dorothy insistait pour me raconter une aventure qui lui était arrivée quand elle était petite.

— Non, dis-je, tu as essayé de me faire le coup lundi. Il est bien tard. De quoi avais-tu peur de me parler là-bas ?

— Mais Nick, vous comprendriez mieux si vous me laissiez raconter…

— Tu m'as dit ça lundi, je te répète, je ne suis pas psychiatre, je ne comprends rien aux complexes de l'enfance… et je suis crevé ! Je n'ai pas arrêté de la journée.

— On dirait maintenant que vous rendez les choses plus difficiles à plaisir, murmura-t-elle d'un ton boudeur.

— Écoute, Dorothy, ou tu sais quelque chose que tu as peur de déclarer devant Mimi et Gilbert, ou tu ne sais rien. Si oui, accouche ; tu m'expliqueras ensuite ce que je n'aurai pas compris.

Elle tapota un pli de sa jupe, le contempla, puis releva les yeux ; ils brillaient d'une lueur étrange :

— Aujourd'hui, Gilbert a vu mon père, chuchota-t-elle, il lui a dit le nom de l'assassin de Miss Wolf.

— Qui est-ce ? demandai-je.

— Il n'a pas voulu me le dire.

— Et c'est pour cela que tu avais si peur de parler devant eux ?

— Oui, vous comprendriez si vous m'aviez laissé vous raconter…

— Ce qui était arrivé autrefois, non, rien à faire. Qu'est-ce que Gilbert t'a dit d'autre ?

— Rien.

— Rien de Nunheim ?

— Non.

— Où est ton père ?

— Gilbert ne me l'a pas dit.

— Quand l'a-t-il vu ?

— Il ne me l'a pas dit. Ne vous mettez pas en colère, Nick. Je vous ai dit tout ce que je sais.

— Ce n'est pas lourd ! grognai-je ; quand t'a-t-il raconté ça ?

— Ce soir, juste avant que vous entriez dans ma chambre.

— Quelle famille ! Si l'un de vous pouvait se décider un jour à dire la vérité, une fois dans sa vie, ce serait à pavoiser !

Nora apportait le café.

— Qu'est-ce qui ne va pas, mon petit vieux ? demanda-t-elle.

— Tout : des casse-tête, des mensonges, je suis trop fatigué et trop vieux pour trouver ça amusant. Retournons à San Francisco.

— Avant le Nouvel An ?

— Demain… aujourd'hui !

— Moi, je veux bien ! fit-elle, me tendant une tasse. On prendra l'avion si tu veux et on pourra être là-bas la veille du jour de l'An.

— Je n'ai pas menti, Nick, dit Dorothy avec véhémence, je vous ai tout dit. Je vous en prie, ne vous fâchez pas, je suis tellement…

Elle éclata en sanglots.

Je grattai la tête d'Asta et poussai un soupir.

— Nous sommes tous vannés et nerveux, dit Nora. Je vais faire prendre la chienne pour la nuit et nous irons roupiller. On discutera plus tard. Venez, Dorothy, je vous apporterai votre café dans votre chambre avec une chemise de nuit.

Dorothy se leva.

— Bonne nuit ! me dit-elle. Je regrette d'être si sotte !

Puis elle suivit Nora.

Quand ma femme revint, elle s'assit par terre, près de moi.

— Elle pleure comme un veau ! pauvre petite. Je veux bien que la vie ne soit pas très drôle pour elle, mais… Quel était ce formidable secret ? dit-elle en bâillant.

Je lui racontai ce que Dorothy m'avait déclaré.

— À mon avis, c'est du chiqué, affirmai-je en terminant.

— Pourquoi ?

— Pourquoi pas ? Ils ont toujours passé leur temps à nous monter des bateaux.

Nora bâilla de nouveau.

— Ça suffit peut-être à un détective, dit-elle, mais pas à moi. Pourquoi n'établirions-nous pas tout de suite une liste de toutes les personnes suspectes, de tous les mobiles possibles, de tous les indices…

— Vas-y, moi je me couche ! Qu'est-ce que tu entends par indice, bobonne ?

— Par exemple, dit-elle, quand Gilbert croyant que je dormais sur le canapé est allé téléphoner, sur la pointe des pieds, en demandant à voix basse au standard de ne pas transmettre de communications jusqu'à demain matin.

— Ah ! ah !

— Et, continua-t-elle, quand Dorothy a découvert qu'elle avait toujours dans son sac la clé de chez tante Alice.

— Ah ! ah !

— Et quand Studsy a collé un coup de pied à Morelli, sous la table, au moment où il allait parler du cousin ivrogne de qui déjà ?… Dick O'Brien que connaissait Julia.

Je me levai et posai nos tasses sur la table.

— Je ne vois pas comment un détective aurait une chance de réussir dans sa carrière sans t'avoir épousée, dis-je, mais tout de même, tu exagères. Que Studsy ait fait taire Morelli, on s'en fout, je préférais savoir si Sparrow a été assommé pour me protéger ou pour l'empêcher de dire quelque chose d'intéressant… Je crève de sommeil.

— Moi aussi. Dis-moi, Nick, quand tu luttais avec Mimi ; ça ne t'a pas un peu excité ? Ça avait l'air de te plaire, tes yeux brillaient… tu avais l'air pas mal émoustillé !

— Oh !… un peu, oui.

Elle éclata de rire et se leva.

— Quel vieux cochon tu fais, dit-elle. Regarde, il va faire jour !

CHAPITRE 26

Nora me secoua à dix heures un quart.

— Téléphone ! dit-elle, Herbert Macaulay a quelque chose d'important à te dire.

J'allai dans la chambre — j'avais dormi sur le divan du salon — pour répondre. Dorothy dormait comme une souche.

Je marmonnai un « Allô ! » pâteux dans l'appareil.

— Il est trop tôt pour déjeuner, mais il faut que je vous voie immédiatement, dit Macaulay. Puis-je venir ?

— Bien sûr ! Vous prendrez le petit déjeuner avec nous.

— C'est déjà fait, merci, je serai là dans un quart d'heure.

— Entendu.

Dorothy entrouvrit les yeux.

— Il doit être tard ! murmura-t-elle, puis elle se retourna et se rendormit.

Je me passai la figure et les mains à l'eau

froide, me lavai les dents, me coiffai et retournai au salon.

— Il vient, dis-je à Nora. Il a déjeuné, mais fais-lui monter du café ; pour moi, j'aimerais une brochette de foie de volaille.

— Est-ce que tu m'invites, ou bien…

— Certainement. Tu ne connais pas Macaulay ? C'est un brave type. J'ai été détaché quelque temps à son unité, à Vaux, et nous avons continué à nous voir après la guerre. Il m'a procuré quelques affaires, entre autres celle de Wynant. Si on se tapait un verre pour se débarrasser le gosier ?

— Tu ne peux pas rester un jour sans boire ?

— Nous ne sommes pas venus à New York pour boire de la flotte. Veux-tu voir un match de hockey ce soir ?

— Bonne idée.

Elle me versa un whisky et alla commander le petit déjeuner.

Je parcourus les journaux du matin. Ils relataient l'arrestation de Jorgensen à Boston et le meurtre de Nunheim, mais la bataille des gangs, l'arrestation de « Prince Mike » Gerguson et une interview de Jefsie, à propos du rapt Lindbergh, tenaient la vedette.

Macaulay arriva avec le garçon qui amenait Asta.

Il était pâle, les traits tirés, la bouche amère.

— Où la police a-t-elle trouvé ça ? s'écria-t-il ; croyez-vous…

Nora entrait ; elle était habillée.

— Nora, je te présente Herbert Macaulay ; ma femme, dis-je.

Ils échangèrent une poignée de main.

— Nick m'a laissé seulement commander du café pour vous, dit Nora, est-ce que…

— Non, coupa-t-il, merci, je viens de finir mon petit déjeuner.

— Que disiez-vous de la police ? rappelai-je.

Il parut hésiter.

— Nora est au courant de toutes mes affaires, dis-je, et, à moins que vous ne préfériez…

— Non… pas du tout, fit-il, mais je ne voudrais pas inquiéter inutilement Mme Charles.

— Allez-y ! répondis-je. Elle ne se tracasse qu'au sujet de ce qu'on lui cache. Quelle est cette nouvelle idée de la police ?

— Eh bien ! le lieutenant Guild est venu me voir ce matin, dit-il, il m'a montré un fragment de chaîne de montre et un canif en me demandant si je les connaissais. En effet, c'est à Wynant. Alors il m'a demandé si je pouvais expliquer comment ces objets avaient pu échouer entre les mains d'une *autre personne*. Bref, après avoir longtemps tourné autour du pot, j'ai compris que cette « autre personne » était Mimi ou vous-même ! J'ai répondu que Wynant pouvait vous avoir donné la chaîne ou le canif, ou bien que vous pouviez les avoir volés, trouvés dans la rue, ou que le voleur pouvait vous les avoir remis, etc. Il m'a interrompu, sentant que je me fichais de lui…

Nora avait le regard sombre et le feu aux joues.

— Quel crétin ! murmura-t-elle.

— Ça va, ça va ! lui dis-je. J'aurais dû t'en parler, il a déjà lancé des pointes hier soir. Cette excellente Mimi a dû se faire un plaisir de l'aiguiller dans cette voie ! A-t-il eu d'autres illuminations ?

— Eh bien ! il voulait savoir… Il m'a demandé si ça continuait toujours entre vous et Mimi ou si c'était de l'histoire ancienne.

— Ça, c'est Mimi tout craché, dis-je, qu'avez-vous répondu ?

— Que je ne savais pas si ça continuait n'étant pas au courant de cette histoire et je lui ai rappelé que vous aviez quitté New York depuis longtemps.

— Est-ce bien vrai ? me demanda Nora.

— Tu ne vas pas faire passer Macaulay pour un menteur ! dis-je en riant. Qu'a-t-il répondu ?

— Rien. Il a demandé si je croyais que Jorgensen était au courant de votre aventure avec Mimi… et, quand je lui ai demandé des précisions, il m'a accusé — ce sont ses propres termes — de faire l'innocent ; ça n'a donc pas donné grand-chose. Il voulait encore savoir où, quand, combien de fois nous nous étions vus, etc.

— C'est gai ! soupirai-je. Moi qui n'ai pas un bon alibi !

Un garçon entra portant le petit déjeuner sur un plateau. Nous parlâmes de choses et d'autres jusqu'à son départ. Puis Macaulay reprit :

— Vous n'avez rien à craindre, je vais livrer Wynant à la police.

Il parlait d'une voix sourde et mal assurée.

— Vous êtes sûr qu'il est coupable ! dis-je ; pas moi.

— Je le sais, fit-il simplement. D'ailleurs, même si je me trompais, une chance sur mille, il est fou, Charles. On ne peut pas laisser cet homme en liberté.

— Possible ! approuvai-je, après tout... et si vous savez...

— Absolument, assura-t-il ; je l'ai vu l'après-midi du crime, moins d'une demi-heure après. Bien entendu j'ignorais tout à ce moment-là, maintenant... je le sais.

— Vous l'avez vu chez Hermann ?

— Quoi ?

— Vous étiez, paraît-il, dans le bureau d'un nommé Hermann, dans la Cinquante-septième Rue, entre trois et quatre heures, cet après-midi-là. C'est Guild qui m'a renseigné.

— C'est exact ! dit-il ; je veux dire que c'est bien leur version. Voici ce qui est arrivé en réalité. Après avoir constaté que Wynant n'était pas au Plaza, j'ai téléphoné à mon bureau et chez Julia sans succès. J'ai alors renoncé à le rencontrer et j'ai marché jusque chez cet Hermann, un ingénieur des Mines pour qui j'avais rédigé un acte de société auquel il désirait apporter quelques modifications. En arrivant dans la Cinquante-septième Rue, j'ai eu soudain l'impression d'être suivi : vous connaissez cette sensation bizarre. Je n'avais aucune raison d'être « filé », mais je suis avocat et peut-être quelqu'un avait-il intérêt à surveiller mes mouvements. Résolu à en avoir le cœur net, j'ai continué à marcher vers Madison. Je crus reconnaître, à une vingtaine de pas derrière moi, un petit bonhomme que j'avais vu au Plaza. J'ai pris un taxi, demandant au chauffeur de rouler vers l'est de la ville. La circulation était trop intense pour me permettre de vérifier si le petit homme avait sauté dans une autre voiture. Mais, après que mon taxi eut changé de direction vers le sud, j'ai eu la certitude qu'un taxi jaune nous suivait, sans pouvoir constater si l'homme était à l'intérieur. C'est alors qu'à un coin de rue, en attendant le changement de signaux, j'ai aperçu Wynant dans un taxi roulant dans la direction opposée. Bien entendu je ne me suis pas étonné outre mesure : nous étions très près de l'appartement de Julia et je pensais qu'elle n'avait pas voulu décrocher le téléphone. Wynant devait aller au Plaza : j'ai fait tourner ma voiture, mais à Lexington Avenue le taxi de Wynant a pris vers le sud ; il n'allait donc ni au Plaza ni à mon bureau. J'ai abandonné la poursuite et tenté d'observer si la voiture jaune me suivait toujours : elle avait disparu, je me suis alors rendu chez Hermann.

— À quelle heure avez-vous vu Wynant ? demandai-je.

— Entre trois heures et quart et trois heures vingt. Je suis arrivé chez Hermann vingt minutes plus tard, vers trois heures trente-cinq. Sa secrétaire, Louise Jacobs — vous l'avez vue avec moi hier soir — m'a dit qu'Hermann était enfermé dans son bureau avec un client, depuis le début de l'après-midi, mais qu'ils auraient bientôt fini. En effet, il m'a reçu presque tout de suite ; nous avons parlé un quart d'heure et je suis retourné à mon bureau.

— Vous n'avez sans doute pas vu Wynant d'assez près pour pouvoir dire s'il était nerveux ou déprimé, ou s'il portait sa chaîne de montre, n'est-ce pas ? demandai-je.

— Non, bien sûr, mais j'ai reconnu son profil, très nettement.

— Continuez, dis-je.

— Il n'avait pas retéléphoné. Une heure après mon retour, la police m'a appelé à l'appareil pour m'annoncer le meurtre de Julia. Je n'ai pas pensé un instant que Wynant avait pu la tuer. Ça ne doit pas vous surprendre, puisque vous le croyez innocent ! Aussi, quand je suis arrivé chez Julia, et que j'ai compris, aux questions des policiers, qu'ils soupçonnaient Wynant, j'ai fait ce que n'importe quel avocat aurait fait à ma place pour son client, j'ai caché que je l'avais vu dans les environs à l'heure du crime. Je leur ai raconté ce que je vous ai déjà dit : que j'avais rendez-vous avec lui, qu'il n'y était pas venu et que je m'étais rendu chez Hermann en sortant du Plaza.

— C'est tout naturel, remarquai-je ; il était inutile de compromettre Wynant avant d'avoir entendu ses explications.

— Exactement ; mais, par malheur, je les attends encore : il n'est pas venu ; il n'a pas téléphoné et ce n'est que mardi que j'ai reçu son mot de Philadelphie qui ne parlait pas du rendez-vous manqué le vendredi précédent. Vous avez lu la lettre. Qu'en pensez-vous ?

— Vous voulez dire… cette lettre l'accuse-t-elle ?

— Oui.

— Pas nécessairement, dis-je. C'est ce que l'on peut normalement attendre de lui s'il n'a pas tué Julia ; l'intervention de la police n'a pas l'air de l'inquiéter si ce n'est en ce qui concerne l'interruption de ses travaux. Il désire voir l'affaire élucidée. Venant d'un autre cette lettre n'aurait rien de brillant, mais elle correspond bien à cette espèce d'ahuri. Il l'a sûrement expédiée sans réfléchir une seconde que le meilleur moyen d'arriver à une solution consistait à se justifier en donnant exactement son emploi du temps l'après-midi du crime. Qui vous dit qu'il venait de chez Julia quand vous l'avez vu ?

— J'en suis sûr maintenant. En fait, il aurait pu aller à son laboratoire de la Première Avenue, pas loin de l'endroit où je l'ai rencontré. Bien que ce soit bouclé depuis son départ, nous avons renouvelé le bail le mois dernier et il n'a plus qu'à revenir s'installer à New York. Il a donc pu s'y rendre cet après-midi-là, mais la police n'y a pas trouvé trace de son passage.

— Au fait, dis-je, on a dit qu'il s'était laissé pousser la barbe. Avez-vous vu… ?

— Non, toujours le même visage chevalin avec sa petite moustache poivre et sel.

— Autre chose, dis-je, un certain Nunheim a été assassiné hier…

— J'y viens, répondit Macaulay.

— Je pensais au petit homme que vous avez cru voir derrière vous.

Macaulay me regarda fixement.

— Voulez-vous dire que ç'aurait pu être Nunheim ?

— Je me le demande.

— Je n'en sais rien, répondit-il, je n'ai jamais vu ce Nunheim.

— Il était assez petit, moins d'un mètre soixante, pâle, mince, brun, des yeux noirs très rapprochés, une grande bouche, un nez long… les oreilles décollées.

— Ça pourrait être lui, dit l'avocat, mais je ne l'ai pas vu de près. Je suppose que la police me permettrait de voir le cadavre. (Il haussa les épaules.) Mais cela n'a plus d'importance. Où en étais-je ? Ah ! oui, l'impossibilité de retrouver Wynant me gênait beaucoup, d'autant que la police croyait dur comme fer que j'étais en contact avec lui et que je mentais. C'était aussi votre impression, non ?

— Oui, admis-je.

— Et, sans doute, comme la police, pensiez-vous que je l'avais rencontré le jour du crime, au Plaza ou plus tard.

— C'était vraisemblable.

— Oui, vous aviez raison, partiellement, puisque je l'ai aperçu en un lieu et à une heure qui faisaient de lui un coupable avec un grand C. Ainsi, après avoir menti d'instinct et professionnellement, j'ai résolu de mentir de propos délibéré. Hermann, occupé dans son bureau, ignorait combien de temps j'avais attendu pour le voir. Louise Jacobs est une excellente amie. Sans lui donner de détails, je lui ai demandé, pour rendre service à un de mes clients, de dire que j'étais arrivé chez Hermann à trois heures. Elle a accepté. Pour la décider, je lui avais dit qu'en cas d'ennui elle pouvait toujours prétendre avoir oublié l'heure exacte de mon arrivée. Elle aurait dit trois heures parce que, le lendemain, j'avais fait moi-même allusion en passant à ce détail et elle n'avait aucune raison de se méfier… Je prenais donc tout sur moi.

Macaulay s'interrompit un instant pour reprendre sa respiration.

— Tout ça n'a plus d'importance, reprit-il, après ce que j'ai appris de Wynant ce matin.

— Encore une lettre loufoque ?

— Non, il m'a téléphoné. Je lui ai demandé de venir me voir ce soir, de venir *nous* voir, vous et moi. Je l'ai informé que vous ne feriez rien pour lui avant de l'avoir vu, et il a promis de venir. Bien entendu, je vais avertir la police : je ne peux pas continuer à le couvrir. Je le ferai toujours acquitter en plaidant la folie et on l'internera. C'est tout ce que je peux faire.

— Avez-vous déjà averti la police ?

— Pas encore, je voulais d'abord vous voir. Je n'ai pas oublié ce que je vous dois et…

— C'est absurde ! dis-je.

— Pas du tout, fit-il, se tournant vers Nora ; je parie qu'il ne vous a jamais raconté comment il m'a sauvé la vie, dans un trou d'obus ?

— Ne l'écoute pas, dis-je, il est fou. Il a tiré sur un bonhomme et l'a manqué, j'ai tiré et je l'ai eu, c'est tout.

Puis m'adressant de nouveau à Macaulay :

— Pourquoi ne pas laisser la police mariner un peu ? Allons tous les deux au rendez-vous. Nous pourrons toujours lui sauter dessus et siffler les flics si nous sommes sûrs qu'il est coupable.

Macaulay eut un sourire las.

— Vous doutez encore, n'est-ce pas ? dit-il. Eh bien ! faisons comme vous voulez, quoique… Mais peut-être changerez-vous d'avis quand vous saurez ce qu'il m'a dit au téléphone.

Dorothy, drapée dans une chemise de nuit et une robe de chambre de Nora beaucoup trop longues pour elle, entra en bâillant.

— Oh ! fit-elle en reconnaissant l'avocat, bonjour, monsieur Macaulay, je ne savais pas que vous étiez là. Vous avez des nouvelles de mon père ?

Il me regarda. Je secouai négativement la tête.

— Pas encore, répondit-il, mais j'espère en avoir aujourd'hui.

— Dorothy en a eu indirectement, remarquai-je. Raconte à Macaulay l'histoire de Gilbert.

— Vous voulez dire au sujet de… mon père ? demanda-t-elle, hésitante, les yeux baissés.

Elle rougit et me jeta un regard de reproche, puis, très vite, dit :

— Gilbert a vu hier papa qui a dit qui avait tué Miss Wolf.

— Quoi ?

Elle fit oui de la tête, quatre ou cinq fois, gravement.

Macaulay me regarda d'un air étonné.

— Ce n'est pas nécessairement vrai, dis-je, c'est ce que prétend Gilbert.

— Je vois, fit-il, alors vous pensez que…

— Vous n'avez guère fréquenté cette intéressante famille depuis son déchaînement ?

— Non.

— C'est à voir ! Ils ont tous le feu au derrière, et ça leur monte au cerveau ! Ils vont bientôt…

— Vous êtes ignoble ! s'écria Dorothy, furieuse, j'ai fait de mon mieux pour…

— De quoi te plains-tu, interrompis-je, je marche à fond cette fois, puisque je crois qu'en effet Gil t'a raconté cette histoire. Mais n'en demande pas trop !

— Et qui a tué Julia ? demanda Macaulay.

— Je n'en sais rien, Gilbert n'a pas voulu me le dire.

— Ton frère l'a vu souvent ?

— Je n'en sais rien ; il m'a seulement dit qu'il l'avait vu.

— Et ont-ils parlé… d'un nommé Nunheim ?

— Non. Nick m'a déjà demandé ça.

Je réussis à attirer l'attention de Nora et lui fis signe jusqu'à ce qu'elle comprît.

— Venez dans la chambre, Dorothy, fit-elle en se levant, laissons ces deux zèbres essayer de s'y retrouver.

Dorothy quitta le salon comme à regret.

— Elle est devenue agréable à regarder, dit Macaulay. J'espère que votre femme n'est pas…

— Pensez-vous, Nora est une perle ! Vous alliez me raconter votre conversation avec Wynant.

— Il m'a dit d'abord avoir vu l'annonce dans le *Times* et il m'a demandé ce que je voulais. Je l'ai informé que vous ne paraissiez pas très chaud pour vous charger de son affaire et que vous teniez à le voir d'abord ; ensuite nous avons pris rendez-vous pour ce soir. Puis il m'a demandé si j'avais vu Mimi. J'ai répondu que je l'avais vue deux ou trois fois depuis son retour d'Europe. Il m'a dit alors : « Si ma femme vous demande de l'argent, donnez-le-lui dans les limites du raisonnable. »

— On aura tout vu, dis-je.

Macaulay hocha la tête.

— C'est à peu près ce que j'ai pensé. Il m'a aussitôt expliqué qu'il était convaincu, par la lecture des journaux, que Mimi avait été roulée par Rosewater et nourrissait les meilleurs sentiments à son égard. J'ai cru comprendre où il voulait en venir et je l'ai prévenu que Mimi avait remis à la police le canif et le fragment de chaîne. Devinez ce qu'il a répondu ?

— Aucune idée.

— Il a hésité, une seconde, pas plus, et très tranquillement m'a déclaré : « Vous voulez parler du canif et de la chaîne que j'ai laissés avec ma montre que Julia devait faire réparer ? »

— Qu'avez-vous répondu ? dis-je, éclatant de rire.

— Ça m'a assis et, avant d'avoir pu ouvrir la bouche, il a ajouté : « Nous parlerons de tout cela ce soir. » Je lui ai demandé de me fixer l'heure et le lieu du rendez-vous. Il m'a dit qu'il me rappellerait le soir chez moi, à dix heures. Il a eu l'air tout à coup pressé d'en finir et, sans répondre à mes questions, il a raccroché. Alors, je vous ai appelé. Vous le pensez toujours innocent ?

— Un peu moins, dis-je lentement. Croyez-vous qu'il téléphonera ce soir ?

— Vous en savez autant que moi, fit Macaulay en haussant les épaules.

— Alors, à votre place, je ne dérangerais pas la police avant que nous tenions notre phénomène. Ils ne vont pas vous avoir précisément à la bonne et, même s'ils ne vous coffrent pas tout de suite, ils peuvent vous faire des ennuis au cas où Wynant nous poserait un lapin.

— Je sais ! dit Macaulay, mais je commence à en avoir plein le dos de cette situation.

— Ce n'est plus qu'une question d'heures, dis-je. Avez-vous parlé à Wynant du rendez-vous du Plaza ?

— Non, je n'en ai pas eu le temps. Enfin, attendons, si c'est votre avis.

— Attendons son coup de téléphone. En tout cas, s'il se décide, à ce moment nous verrons si nous devons mettre la police au courant.

— Vous croyez qu'il ne téléphonera pas ?

— J'en doute, dis-je. Il n'est pas venu à son dernier rendez-vous et il a l'air d'être devenu très évasif dès qu'il a su l'histoire de la chaîne et du canif. Enfin, on verra. Je serai chez vous vers neuf heures, ça va ?

— Venez donc dîner.

— Impossible, mais j'arriverai le plus tôt possible au cas où il serait en avance. Il faudra faire vite. Où habitez-vous ?

— Il me donna son adresse, dans Scarsdale, et se leva.

— Merci, dit-il, mes hommages à Mme Charles. À propos j'espère que vous ne vous êtes pas mépris au sujet d'Harrisson Quinn hier soir. Je voulais simplement vous dire que ses conseils m'avaient porté la poisse, mais je n'ai pas voulu insinuer qu'il jouait les fonds de ses clients…

— Je vois, dis-je.

Puis j'appelai Nora. Elle et Macaulay se serrèrent la main, échangeant quelques gracieusetés. Il asticota poliment Asta et me dit :

— Venez le plus tôt possible.

Puis il partit.

— Pas de hockey, ce soir, dis-je, à moins que tu ne trouves un autre chevalier servant.

— Ai-je manqué quelque chose d'important ? dit-elle.

— À peine.

Je lui racontai la fin de notre conversation.

— Et ne me demande pas ce que je pense, dis-je, car je n'en sais rien. Wynant est fou, mais il n'agit pas comme un assassin. On dirait qu'il joue une sorte de comédie ! Dieu sait laquelle !

— Je crois, dit Nora, qu'il veut couvrir quelqu'un d'autre.

— Pourquoi ne le crois-tu pas coupable ?

Elle me regarda d'un air étonné.

— Parce que tu ne le penses pas non plus ! répondit-elle.

— Excellente raison ! Et qui Wynant couvre-t-il ?

— Je ne le sais pas encore. Ne te fiche pas de moi ; j'ai beaucoup réfléchi. Ça ne peut pas être

Macaulay, puisque Wynant se sert de lui pour couvrir l'autre…

— Et ce n'est pas moi non plus, suggérai-je, puisqu'il se sert aussi de moi.

— C'est vrai, mais tu n'auras pas l'air fin si je trouve le criminel avant toi. En tout cas, ce n'est ni Mimi, ni Jorgensen puisqu'il a essayé de les compromettre ; pas plus Nunheim qui s'est fait descendre par le même assassin et dont la protection serait inutile maintenant. Et ce n'est pas Morelli puisque Wynant était jaloux de lui et qu'ils se sont bagarrés.

Elle s'interrompit, fronçant les sourcils.

— Tu devrais bien te tuyauter sur ce colosse, le nommé Sparrow, et sur cette grande bringue rousse.

— Et Dorothy et Gilbert ?

— J'allais t'en parler. Crois-tu que Wynant ait la fibre paternelle très développée ?

— Non.

— Toi, tu essayes de me décourager, dit-elle. Tels que je les connais, ça me semble difficile de les imaginer coupables, mais j'ai essayé de passer sur mes sentiments personnels et d'être logique. Hier soir, avant de m'endormir, j'ai fait une liste de tous les…

— Rien de tel qu'un peu d'analyse logique contre l'insomnie, coupai-je.

— Ne plastronne pas tellement ! Jusqu'ici tu n'as pas été très éblouissant !

— Je ne voulais pas te vexer, dis-je en l'embrassant. C'est une nouvelle robe ?

— Ah ! tu changes de sujet, dégonflé !

CHAPITRE 27

J'allai voir Guild au début de l'après-midi. Nous nous serrâmes la main et j'ouvris le feu :

— Je n'ai pas amené mon avocat, ça m'a paru préférable de venir seul !

Il fronça les sourcils et secoua la tête comme si je l'avais vexé.

— Vous ne m'avez pas compris, dit-il patiemment.

— Je croyais bien le contraire.

Il soupira.

— Je ne vous aurais pas imaginé capable de vous tromper à ce point, simplement parce que nous… Vous savez bien qu'il ne faut rien laisser au hasard, monsieur Charles.

— J'ai déjà entendu ça quelque part, dis-je. Qu'est-ce que vous voulez savoir ?

— Qui les a tués, elle et lui.

— Essayez Gilbert.

— Pourquoi lui ? dit Guild en faisant la moue.

— Il a dit à sa sœur qu'il le savait : que Wynant le lui avait dit.

— Vous voulez dire qu'il a vu le vieux ?

— Il le dit, je ne lui ai pas posé la question.

— Dites donc, monsieur Charles, en voilà une bande de tordus !

— Qui ça ? Les Jorgensen ? Vous les connaissez aussi bien que moi.

— Ah ! non. Je n'y pige rien de rien. Cette Mme Jorgensen, qu'est-ce que c'est, au juste ?

— Une blonde !

— Oui, dit-il en hochant mélancoliquement la tête, c'est bien tout ce que je sais. Mais vous les connaissez depuis longtemps et, d'après ce qu'elle raconte, elle et vous…

— Oui, coupai-je, elle et moi, moi et sa fille, Julia Wolf et moi et Mme Astor ! Je les tombe toutes !

Il leva la main.

— Je ne dis pas que je crois tout ce qu'elle raconte. Faut pas vous fâcher. Vous prenez tout de travers. On dirait que vous nous croyez convaincus de votre culpabilité. C'est une erreur, une erreur grossière.

— Peut-être, mais vous me camouflez toujours quelque chose depuis…

— Je suis policier, dit-il doucement, en me fixant d'un œil calme, et j'ai mon boulot à faire.

— Je comprends, répondis-je. Vous m'avez fait venir aujourd'hui. Que voulez-vous ?

— Je ne vous ai pas *dit* de venir, je vous l'ai *demandé*.

— Si vous voulez. Alors ?

— Je ne veux rien. Nous avons toujours bavardé comme deux copains. J'aimerais bien continuer comme ça.

— C'est votre faute.

— C'est à voir ; écoutez donc, monsieur Charles, pouvez-vous me jurer que vous ne m'avez rien caché, que vous avez vidé votre sac ?

Il était inutile de dire oui, il ne m'aurait pas cru.

— Pratiquement, répondis-je.

— Pratiquement, oui, grogna-t-il. Tout le monde m'a dit pratiquement la vérité. J'attends encore celui qui n'aura pas le sens pratique.

Je comprenais aisément son point de vue.

— Peut-être aucun de ceux que vous avez vus ne savait toute la vérité.

Il fit une vilaine grimace :

— Ça n'aurait rien d'étonnant, dit-il, mais écoutez, monsieur Charles, j'ai interrogé tous ceux que j'ai pu dénicher ; si vous m'en trouvez d'autres ils y passeront aussi. Vous voulez peut-être dire Wynant ? Vous ne vous rendez pas compte que le bureau central se décarcasse nuit et jour pour lui mettre la main dessus.

— Et son fils ? suggérai-je.

— Son fils, oui.

Guild appela Andy et un type basané aux jambes torses du nom de Kine.

— Amenez-moi le gosse Wynant, dit le lieutenant, je veux parler à ce morveux !

Ils sortirent.

— Vous voyez, je cherche des amateurs de conversation.

— Vous avez les nerfs en boule, cet après-midi. Avez-vous fait ramener Jorgensen de Boston ? demandai-je.

Il haussa les épaules.

— Son histoire tient debout, dit-il. Je ne sais pas… Si vous me disiez ce que vous en pensez ?

— Bien sûr.

— J'ai les nerfs en pelote, c'est un fait, dit-il, je n'ai pas fermé l'œil de la nuit. Quel chien de métier ! Je me demande pourquoi je ne fous pas tout en l'air. Quand je pense qu'avec un bout de terrain, un peu de barbelés et quelques renards argentés !… Enfin !… Quand vous avez tous flanqué la frousse à Jorgensen en 25, il dit qu'il s'est taillé en Allemagne en laissant sa femme dans la mouise. Il a changé de nom pour égarer les recherches et il n'a pas repris son boulot d'origine — il se prétend technicien ou ingénieur — et il a fait un peu n'importe quoi ; mais, pour moi, il a surtout fait du maquereautage sans trouver beaucoup de rombières. Bref, vers 27 ou 28, il va ensuite à Milan et, dans l'édition de Paris du *Herald*, il lit que Mimi, récemment divorcée de Clyde Wynant, est à Paris. Ils ne se connaissent pas, mais il sait que c'est une blonde piquante, un peu cinglée, qui aime les hommes et la rigolade. Il se doute qu'une bonne partie du magot de Wynant a dû la suivre, grâce au divorce, et, pour lui, il s'agit de récupérer ce que Wynant lui a déjà escroqué. Il se fend d'un billet pour Paris. Ça va, jusque-là ?

— Ça me paraît clair, répondis-je.

— Bon, il se fait présenter, on l'accroche au passage sans difficultés. Elle en pince un peu pour lui tout de suite — c'est ce qu'il dit. Elle est tellement toquée qu'elle veut l'épouser. Bien entendu, il n'essaye pas de lui forcer la main. Elle a ratiboisé à Wynant un joli plat d'oseille, dans les deux cent mille.

— Vingt dieux ! dis-je. Au lieu d'une pension.

— Elle peut se remarier tranquillement. Et ça ne traîne pas. D'après lui, c'est un mariage au chiqué, fait dans les Pyrénées, par un curé espagnol en territoire français — non valable. Mais je suppose qu'il a simplement la trouille d'être accroché pour bigamie. Personnellement, je m'en fous ! En tout cas, il met la main sur le fric et ne le lâche pas jusqu'à ce que tout y passe. Et pendant tout ce temps-là, d'après lui, elle le connaissait comme

Christian Jorgensen, un type rencontré à Paris, et n'en savait toujours pas plus quand on l'a agrafé à Boston. Vous me suivez toujours ?

— Oui, sauf à propos de ce mariage, mais après tout, c'est possible.

— Ouais ; et puis on s'en fout. Vient l'hiver, le compte en banque s'effrite. Il se prépare à les mettre avec ce qui reste quand elle propose de retourner en Amérique et d'y taper Wynant. L'idée lui plaît ; elle dit que ça marchera comme sur des roulettes et les voilà à bord.

— L'histoire cloche un peu, là, fis-je observer.

— Pourquoi ? Il ne veut pas aller à Boston où est sa femme ; il pense éviter les gens qui le connaissent ; Wynant entre autres. On lui signale aussi qu'il y a prescription après sept ans pour les délits mineurs. Il croit jouer sur le velours. D'ailleurs ils n'ont pas l'intention de s'éterniser.

— Je n'aime pas beaucoup cette partie de l'histoire, insistai-je, mais continuez.

— Bon. Le surlendemain de leur arrivée, ils sont encore à la recherche de Wynant. Pas de veine. Il tombe sur une amie de sa première femme, Olga Fenton, qui le reconnaît. Il essaye de la persuader de se taire et gagne quarante-huit heures en racontant une histoire de film dans lequel il travaille. Quelle sacrée imagination ! Mais ça ne prend pas ; elle va trouver un pasteur qui lui conseille de prévenir la légitime, ce qu'elle fait, ensuite de quoi Jorgensen, mis au courant, file à Boston pour aller passer de la pommade à sa femme, éviter des histoires et une arrestation.

— Et la visite au mont-de-piété ? demandai-je.

— Ça fait partie de l'affaire. Il avait un train pour Boston tout de suite, pas assez de fric sur lui, ni le temps d'aller le chercher chez lui — les banques fermées — et il met sa montre au clou. Tout ça se tient.

— Vous avez vu la montre ?

— Non. Mais je peux, pourquoi ?

— Vous ne pensez pas qu'elle ait jamais été au bout de la chaîne dont Mimi vous a remis un morceau ?

— Bon Dieu ! fit-il en sursautant.

Il me regarda d'un air soupçonneux.

— Vous savez quelque chose ? ou bien…

— Non, rien de particulier. Que pense Jorgensen des deux crimes ? Qui accuse-t-il ?

— Wynant. Il reconnaît avoir soupçonné Mimi, mais elle l'aurait fait changer d'avis sans lui dire quelle preuve elle détenait contre Wynant. Peut-être essaye-t-il seulement de se tirer d'affaire, mais à mon avis ils voulaient lui faire cracher son fric en le faisant chanter.

— Alors vous ne pensez pas qu'elle a fourré la chaîne et le couteau dans la main de Julia ?

Guild fit une moue sceptique.

— Elle aurait pu y penser pour le faire chanter. Et après ?

— Tout ça est un peu compliqué pour moi, dis-je. Vous savez si Face Peppler est toujours à l'ombre ?

— Ouais. Il sort la semaine prochaine. Ça nous amène à la bague de fiançailles. Il l'a fait envoyer de l'extérieur par un copain. Il semblerait que leur projet était de se remettre ensemble et de se marier après la sortie. En tout cas, le gardien a lu au passage des lettres qui parlaient de ça. On peut à la rigueur considérer ça comme un motif. Disons que Wynant était jaloux de lui voir porter une bague offerte par un autre avec qui elle était prête à filer.

Il s'interrompit pour répondre au téléphone.

— Allô ?... Oui... Certainement... Laissez quelqu'un sur place !

Il reposa le récepteur.

— Encore une piste pour le crime d'hier, dans la Vingt-neuvième Rue ! dit-il.

— Ah ! fis-je, j'avais cru entendre prononcer le nom de Wynant ! Il y a des appareils qui résonnent étonnamment.

Il rougit et toussota.

— Peut-être une consonance... *vraiment...* ? c'est ça, ça devait être « *vraiment* ». J'allais oublier, nous avons enquêté pour vous sur le nommé Sparrow.

— Et alors ?

— Rien d'intéressant. Il s'appelle Jim Brophy. Paraît qu'il écrit des sketches pour la poule de Nunheim. Elle était en rogne contre vous et il était juste assez saoul pour s'imaginer qu'il se mettrait dans ses petits papiers s'il vous cassait la gueule.

— Excellente idée ! dis-je. J'espère que vous n'avez pas fait d'ennuis à Studsy.

— C'est un de vos amis ? Un récidiviste, je vous préviens, avec un casier qui se pose là.

— Je sais, j'y ai contribué, répondis-je.

Je me levai et pris mon chapeau et mon pardessus.

— Vous avez du travail, dis-je, je vais filer.

— Non, non, fit-il, restez ; j'ai encore deux ou trois petites choses qui risquent de vous intéresser ; et vous pourrez m'aider à cuisiner le gosse Wynant.

Je me rassis.

— Vous buvez un verre ? me proposa-t-il en ouvrant un tiroir de son bureau.

Mais je me méfie comme de la peste du tord-boyaux des flics et je répondis :

— Non, merci.

Le téléphone sonna de nouveau.

— Oui, oui, fit Guild ; c'est ça, amenez-le !

Il se renversa dans son fauteuil et posa les pieds sur son bureau.

— Écoutez, dit-il, cette affaire d'élevage de renards, ça me travaille. Qu'est-ce que vous dites de la Californie pour s'y installer ?

Je m'interrogeai pour savoir si j'allais lui suggérer d'aller s'occuper d'autruches ou de lions un peu plus au sud, quand la porte s'ouvrit. Un gros type rouquin entra avec Gilbert Wynant. Gilbert avait un œil au beurre noir complètement fermé et on lui voyait la rotule du genou gauche à travers son pantalon déchiré.

CHAPITRE 28

— Quand vous leur dites de les amener, on vous les amène, hein ? dis-je à Guild.

— Attendez ! dit-il, ce n'est pas ce que vous croyez.

Il se tourna vers le gros type rouquin.

— Vas-y, Flint ! dit-il, raconte.

Flint s'essuya la bouche du revers de la main.

— C'est un vrai enragé, ce gosse-là. Il n'a pas l'air méchant, mais, bon Dieu, il n'avait pas envie de venir, je ne vous dis que ça, et pour cavaler il en met un coup…

— Tu es un héros, fit Guild, et je vais te faire coller la médaille d'or. En attendant, accouche.

— J'ai pas dit que j'avais fait quelque chose d'extraordinaire, protesta Flint, je voulais seulement…

— Je m'en fous, coupa Guild, dis-moi ce qu'il a fait.

— Voilà, chef. J'ai relevé Morgan à huit heures ce matin ; d'abord tout gazait très bien, personne ne bougeait ; là-dessus, vers deux heures dix, j'entends une clé tourner dans la serrure.

Il fit une pause pour nous laisser le temps de nous étonner.

— Il surveillait l'appartement de la fille Wolf, m'expliqua Guild. Une idée…

— Une sacrée idée, chef ! s'écria Flint, éperdu d'admiration.

Guild le regarda froidement. Il reprit hâtivement :

— Oui, chef, une clé dans la serrure et puis la porte s'ouvre et le jeune homme entre.

Il fit un sourire paternel à Gilbert.

— L'air d'avoir une de ces pétasses… quand je me suis avancé, il a filé comme un dard. Je l'ai rattrapé qu'au premier et alors bon sang ! Il m'est rentré dedans ! J'ai été forcé de le caresser un peu pour le calmer. Il n'a pas l'air méchant, mais…

— Qu'a-t-il fait dans l'appartement ? coupa Guild.

— Il a eu le temps de rien faire. Je…

— Tu vas me dire que tu lui as sauté dessus avant de lui laisser faire un geste !

Le cou de Guild s'était gonflé et il avait la figure aussi rouge que les cheveux de Flint.

— J'ai cru que valait mieux pas prendre de risques…

Guild me regarda d'un air à la fois furieux et incrédule, puis il dit d'une voix étouffée :

— Ça va, Flint ! Va attendre dehors !

Le rouquin prit un air ahuri.

— Bien, chef, dit-il lentement ; v'là la clé.

Il posa la clé sur le bureau de Guild, marcha jusqu'à la porte, puis tourna la tête et dit, par-dessus son épaule, avec un rire jovial :

— Il dit qu'il est le fils de Wynant !

— Ah ! vraiment, fit Guild de la même voix rauque.

— Ouais, je l'ai repéré, ce gars-là ! Je crois bien qu'il était de la bande à Big Shorty Dolan.

— Fous le camp ! aboya Guild.

Flint sortit. Guild poussa un grognement sauvage.

— Quel con ! dit-il. La bande à Shorty Dolan ! C'est le bouquet.

Il secoua la tête d'un air accablé puis se tourna vers Gilbert.

— Alors, fiston !

— Je sais que je n'aurais pas dû faire ça, répondit Gilbert.

— Bon début ! approuva Guild qui reprenait son sang-froid. Tout le monde peut se tromper. Assieds-toi et voyons si on peut te tirer du pétrin. Tu veux soigner ton œil ?

— Non, merci, ça va bien.

— Cette gourde ne t'a pas cogné pour s'amuser, au moins ?

— Non, non ! Je résistais. C'est ma faute.

— Je vois, dit Guild, personne n'aime être arrêté. Alors, explique-moi un peu…

Gilbert m'interrogea de son œil valide.

— Tu es très mal parti, dis-je, tout dépend du lieutenant Guild. Tu as tout avantage à ne rien lui cacher.

— C'est exact, dit Guild d'un ton grave.

Puis il se carra dans son fauteuil et demanda aimablement :

— Où as-tu pris cette clé ?

— Mon père me l'a envoyée avec cette lettre, dit Gilbert, tirant de sa poche une enveloppe qu'il tendit à Guild.

J'allai m'installer derrière Guild pour lire par-dessus son épaule. L'adresse était dactylographiée : *M. Gilbert Wynant, Hôtel Courtland* ; et sans timbre.

— Quand te l'a-t-on remise ? demandai-je.

— Je l'ai trouvée à la réception quand je suis rentré, hier soir, vers dix heures. Je n'ai pas demandé à l'employé si elle était là quand je suis sorti avec vous. Mais il me l'aurait donnée s'il l'avait eue.

L'enveloppe contenait deux feuilles de papier, tapées d'une main inexperte dont je reconnus la maladresse.

Je lus en même temps que Guild :

Mon cher Gilbert,

Si je suis resté aussi longtemps sans t'écrire, c'est parce que ta mère en a manifesté le désir et seule une circonstance grave me pousse à rompre ce silence de plusieurs années. Tu es un homme maintenant et capable de décider si oui ou non nous devons nous considérer réciproquement comme des étrangers, ou obéir à la voix du sang. Tu sais que je me trouve actuellement dans une situation embarrassante à la suite du prétendu meurtre de Julia Wolf et j'espère qu'il te reste assez d'affection pour moi pour croire que je ne suis en rien mêlé à ce crime. Si je me tourne vers toi pour te demander de m'aider à prouver mon innocence une fois pour toutes aux yeux de la police et du monde, je le fais avec le sentiment que, même si je ne pouvais compter sur ton affection naturelle, tu n'hésiterais pas à faire tout ce qui est en ton pouvoir pour sauvegarder l'honneur de notre nom. Je m'adresse à toi pour une autre raison : certes, j'ai un avocat sérieux, qui s'occupe activement de prouver mon innocence et j'espère en outre réussir à décider M. Charles à m'apporter le secours de son talent, mais je ne puis demander à l'un ou à l'autre d'accomplir une action illégale. Tu es donc le seul en qui j'aie placé mon espoir ; voici de quoi il s'agit : va demain à l'appartement de Julia Wolf, 411, East Cinquante-quatrième Rue. Je joins la clé à ma lettre. Tu trouveras entre les pages d'un livre intitulé The Grand Manner *un document que tu liras et que tu détruiras immédiatement. Brûle-le avec soin. Quand tu l'auras lu, tu comprendras pourquoi je t'ai chargé de cette mission. Au cas où quelque changement interviendrait et modifierait mes intentions, je te téléphonerais tard dans la nuit. Si je ne t'appelle pas ce soir, je le ferai demain soir pour savoir si tu as exécuté mes instructions et pour te fixer un rendez-vous. Je suis certain que tu mèneras à bien la tâche dont je te confie la lourde responsabilité.*

Affectueusement, ton père.

Suivait la signature de Wynant, à l'encre. Guild attendait que je parle. J'en faisais autant.

— A-t-il téléphoné ? demanda enfin Guild.

— Non, monsieur.

— Comment le sais-tu, dis-je, tu n'as pas demandé au standard d'arrêter les communications ?

— C'est vrai. Je… J'avais peur que vous ne deviniez que c'était lui s'il appelait devant vous. Mais je pense qu'il aurait laissé un message pour moi, et il ne l'a pas fait.

— Tu ne l'as donc pas vu ?

— Non.

— Et il n'a pas dit le nom de l'assassin ?

— Non.

— Alors, tu as menti à Dorothy ?

Il baissa la tête et regarda fixement le plancher.

— C'était… je suppose que c'était par jalousie, dit-il.

Il releva la tête et me regarda ; il était cramoisi.

— Vous comprenez, Dorry m'admirait beaucoup et croyait que j'avais la science infuse et elle venait toujours me demander conseil, elle faisait tout ce que je lui disais, et alors, quand elle vous a vu, tout a changé. Vous êtes devenu son dieu. Bien sûr, elle avait raison. Je veux dire, il n'y a pas de comparaison, mais je… je devais être jaloux… je vous en voulais… je vous admirais aussi, mais je voulais l'impressionner, la bluffer, comme vous diriez, et, quand j'ai reçu la lettre, j'ai raconté que j'avais vu mon père, qu'il m'avait tout dit. Comme ça elle pouvait penser que je savais des choses que vous-même ne saviez pas.

Il s'interrompit, haletant, et s'essuya le front avec son mouchoir.

J'attendis de nouveau que Guild ouvrît le feu.

— Eh bien ! dit enfin le policier, tout cela ne m'a pas l'air bien grave ; si tu ne nous caches rien d'autre, fiston.

— Non, assura Gilbert, je vous ai tout dit.

Tu ne sais rien du canif et de la chaîne de montre que ta mère nous a remis ?

— Non, je n'en ai entendu parler qu'après.

— Comment va ta mère ? demandai-je.

— Elle va bien, mais elle a dit qu'elle resterait couchée aujourd'hui.

— Qu'est-ce qu'elle a ? dit Guild, plissant les yeux.

— Hystérie, lui dis-je. Elle et sa fille se sont bagarrées hier soir, et elle a failli exploser.

— Une bagarre à propos de quoi ?

— Dieu sait, une de ces crises comme en ont les femmes.

Guild émit un vague grognement en se grattant le menton.

— Est-ce vrai, comme le dit Flint, que tu n'as pas eu le temps de rechercher ce papier ?

— Oui, je n'avais pas fermé la porte qu'il me sautait déjà dessus !

— J'ai vraiment un personnel à la hauteur, grommela Guild. Il ne t'a pas fait « Hou » quand il t'a couru après, non ? Enfin j'ai deux solutions, fiston, ou je te garde quelques jours ou je te laisse aller si tu promets de m'avertir si ton père te fait signe et te donne un rendez-vous.

Je ne laissai pas à Gilbert le temps de répondre.

— Vous n'avez pas le droit, Guild, c'est son père !

— Pas le droit ? (Il me fit un sale œil.) Si son père n'y est pour rien, ça n'en vaut que mieux pour lui.

Je ne répondis pas. Puis le visage de Guild s'éclaira.

— Eh bien ! mon petit, dit-il, je vais te faire une autre proposition : si ton père, ou une autre personne te demande d'agir en son nom, promets-moi de répondre que tu m'as donné ta parole de ne rien faire pour les aider.

Le gamin me regarda.

— Ça me paraît plus raisonnable, dis-je.

— Bien, dit Gilbert, je vous donne ma parole.

— Ça va ! dit Guild, tu peux les mettre.

— Merci bien, monsieur, dit Gilbert. (Puis se tournant vers moi :) Vous n'allez pas…

— Attends-moi dehors, coupai-je, si tu n'es pas trop pressé.

— Très bien ; au revoir, monsieur, et merci.

Il sortit.

Guild empoigna le téléphone et ordonna que *The Grand Manner* et son contenu lui fussent apportés immédiatement. Puis il se renversa dans son fauteuil, les mains sous la nuque.

— Alors ? dit-il, vous ne croyez plus Wynant innocent ?

— Quelle importance ? dis-je. Avec toutes les charges que Mimi vous a fournies contre lui.

— C'est très important, au contraire, assura-t-il ; je tiens à savoir ce que vous pensez et pourquoi.

— Ma femme pense qu'il peut couvrir quelqu'un d'autre.

— Vraiment ? Écoutez donc : moi, je crois à l'intuition féminine ; et, sans vous offenser, Mme Charles est une sacrée fine mouche. Quel est son avis ?

— Elle n'a encore rien décidé, que je sache.

Il soupira :

— Enfin, ce papier va peut-être éclairer notre lanterne.

Mais le papier en question n'éclaira rien du tout cet après-midi-là. Les hommes de Guild furent incapables de trouver le moindre exemplaire de *The Grand Manner* dans la chambre de la morte.

CHAPITRE 29

Le policier fit de nouveau entrer Flint et se mit à le cuisiner sérieusement. Le rouquin suait sang et eau, mais il continua à soutenir dur comme fer que Gilbert n'avait eu le temps de toucher à rien dans l'appartement, qu'il ne se souvenait pas d'avoir vu de bouquin intitulé : *The Grand Manner*, mais qu'on ne pouvait pas attendre de lui qu'il retînt des titres de livres. Il fit quelques suggestions idiotes jusqu'à ce que Guild, excédé, le flanquât à la porte.

— Le gosse doit m'attendre dehors, dis-je, croyez-vous intéressant de le revoir ?

— Et vous ?

— Non, dis-je.

— Alors ! Avec tout ça, on a piqué ce bouquin, je vais...

— Pourquoi ? coupai-je.

— Comment... pourquoi ?

— Pourquoi tenez-vous à ce qu'il y ait eu un bouquin à prendre ?

— Comment ça ? fit Guild en se grattant le crâne.

— Wynant n'est pas venu retrouver Macaulay au Plaza le jour du meurtre, il ne s'est pas suicidé à Allentown ; il prétend avoir reçu mille dollars de Julia au lieu de cinq mille ; il soutient que leurs relations étaient purement amicales alors que nous pensions le contraire, il nous a raconté beaucoup de bobards pour inspirer confiance.

— C'est juste, fit Guild, et je pigerais mieux s'il venait s'expliquer ou s'il se taillait. Cette façon de traîner dans le coin en embrouillant les choses me fout en boule.

— Faites surveiller son laboratoire.

— Oui, pourquoi ?

— Je ne sais pas, dis-je, mais il nous expédie sur tant de fausses pistes qu'il serait peut-être temps de s'intéresser à celles dont il ne parle pas ; le laboratoire est du nombre.

Guild émit une série de grognements.

— Je vous laisse sur cette brillante suggestion, dis-je en prenant mon chapeau et mon manteau. Comment peut-on vous joindre, la nuit, en cas de besoin ?

Il me donna son numéro de téléphone, je lui serrai la main et je sortis.

Gilbert m'attendait dans l'antichambre. Nous montâmes dans un taxi sans avoir échangé un mot.

Puis il me demanda enfin .

— Il m'a cru, n'est-ce pas ?

— Bien sûr, dis-je ; tu n'as pas menti ?

— Oh ! non, mais les gens ne vous croient pas toujours. Vous ne direz rien à maman ?

— Non, si tu y tiens.

— Merci. À votre avis, un jeune homme peut-il mieux réussir dans l'Ouest qu'ici ?

Je l'imaginai travaillant dans l'élevage de Guild et répondis :

— Pas en ce moment. Tu veux aller en Californie ?

Il tripotait sa cravate.

— Vous allez trouver ça bizarre, dit-il. Est-ce que l'inceste est très répandu ?

— Plus ou moins, répondis-je ; ce qui explique l'existence du mot lui-même.

Il rougit.

— Je ne me fiche pas de toi, ajoutai-je. Comment veux-tu que je sache ? C'est impossible de savoir.

Nous demeurâmes silencieux pendant un moment.

— Encore une drôle de question, dit Gilbert, rompant le silence, que pensez-vous de moi ?

Il semblait y attacher plus d'importance qu'Alice Quinn.

— Beaucoup de bien et beaucoup de mal, dis-je.

— Je suis encore très jeune, murmura-t-il.

Il regarda par la vitre.

Le silence retomba, puis il se mit à tousser et un mince filet de sang coula du coin de sa bouche.

— Ce type t'a pas mal secoué, dis-je.

Il eut un hochement de tête un peu honteux et mit un mouchoir sur sa bouche.

— Je ne suis pas très fort, dit-il.

Au Courtland il ne voulut pas me permettre de l'aider, mais je l'accompagnai, craignant qu'il se refusât à parler de son état. Mimi nous ouvrit la porte et fit des yeux ronds en voyant son fils avec un œil poché.

— Il est légèrement amoché ! dis-je. Mets-le au lit et appelle un médecin.

— Qu'est-il arrivé ? demanda Mimi.

— Wynant l'a chargé d'une mission de confiance.

— Quelle mission ?

— On en reparlera plus tard ; occupe-toi de lui.

— Mais Clyde était ici tout à l'heure ; c'est pour ça que j'ai téléphoné.

— Quoi ?

— Bien sûr, fit-elle, et il m'a demandé où était Gil ; il est resté près d'une heure ; il n'y a pas dix minutes qu'il est parti.

— Bien. Couchons d'abord Gilbert, dis-je.

— Gilbert s'entêtait à prétendre qu'il n'avait

pas besoin d'aide. Je le laissai avec sa mère pour aller téléphoner au Normandie.

— Pas d'appels pour moi ? demandai-je à Nora.

— Oui, monsieur : MM. Macaulay et Guild et Mmes Jorgensen et Quinn attendent que tu les rappelles ; pas d'enfants mineurs jusqu'ici.

— Quand Guild a-t-il téléphoné ?

— Il y a cinq minutes. Ça ne te fait rien de dîner seul ? Larry m'a invitée à aller voir la nouvelle revue d'Osgood Perkins.

— Parfait ! À bientôt.

J'appelai Macaulay.

— Pas de rendez-vous ce soir, me dit l'avocat ; notre ami devient complètement fou. Écoutez, Charles, je vais aller trouver la police ; j'en ai assez.

— C'est ce qu'il y a de mieux à faire, répondis-je ; je pensais téléphoner moi-même. Je suis chez Mimi. Wynant vient de sortir ; je l'ai manqué de quelques minutes.

— Que faisait-il là-bas ?

— Je vais essayer de le savoir.

— Vous pensez sérieusement à appeler la police ?

— Bien sûr.

— Allez-y ; je vous rejoins chez Mimi.

J'appelai Guild à l'appareil.

— J'ai du nouveau, dit-il, où êtes-vous ? Je peux vous raconter ça ?

— Je suis chez Mme Jorgensen, j'ai dû ramener le gamin Gilbert. Votre rouquin l'a éreinté.

— Je l'assommerais, ce con-là ! aboya-t-il. Alors, il vaut mieux que je me taise.

— J'ai aussi des nouvelles, dis-je. Wynant a passé une heure ici, d'après Mme Jorgensen, et il vient de partir.

Il y eut une seconde de silence, puis le policier dit :

— Ne bougez pas, j'arrive !

Mimi pénétra dans le salon pendant que je cherchais dans l'annuaire le numéro de Quinn.

— Tu crois qu'il est sérieusement blessé ? demanda-t-elle.

— Je l'ignore, c'est au toubib qu'il faut demander ça.

Je poussai l'appareil vers elle.

— J'ai averti la police de la visite de Wynant, dis-je, quand elle eut terminé son appel.

— Je t'avais justement téléphoné pour savoir s'il fallait les prévenir.

— J'ai aussi appelé Macaulay : il vient.

— Il ne peut rien faire ! protesta-t-elle ; Clyde me les a donnés de son plein gré. Ils sont à moi.

— Quoi donc ?

— Les titres ; l'argent !

— Quels titres, quel argent ?

Elle alla à son secrétaire et ouvrit un tiroir.

— Tu vois ? dit-elle.

Il contenait trois liasses de titres serrés par des bandes de caoutchouc. Sur l'une des liasses était posé un chèque rose sur la Park Avenue Trust Company, à l'ordre de Mimi Jorgensen, signé Clyde Wynant, d'un montant de dix mille dollars et portait la date du 3 janvier 1933.

— Postdaté de cinq jours ! dis-je, ça ne rime à rien.

— Il a dit qu'il n'avait pas assez d'argent en banque et qu'il ne pourrait faire de dépôt avant deux jours.

— Ça va faire un foin du diable ! remarquai-je ; tu t'en doutes, non ?

— Mais pourquoi mon mari, mon ex-mari, ne pourrait-il pas pourvoir à mes besoins et à ceux de mes enfants ?

— Ça va. Qu'est-ce que tu lui as vendu ?

— Vendu ?

— Ouais. Qu'est-ce que tu as promis de faire dans les jours à venir pour qu'il garde la possibilité d'annuler le chèque ?

Elle fit une grimace d'impatience.

— Vraiment, Nick, s'écria-t-elle, je me demande si tu n'es pas un peu détraqué quelquefois avec tes soupçons absurdes.

— Je suis des cours ; encore trois leçons et je décroche mon diplôme. Souviens-toi, je t'ai prévenue hier, tu finiras tes jours en…

— Assez ! cria-t-elle en me posant une main sur la bouche. Pourquoi toujours me répéter ça. Tu sais bien que ça me glace et… (sa voix se fit douce et persuasive) tu devrais te rendre compte des épreuves que je traverse, Nick, sois un peu gentil.

— Ne t'occupe pas de moi, dis-je, occupe-toi de la police.

Je retournai à mon téléphone et appelai Alice Quinn.

— Allô ! Ici, Nick ; Nora… vous a dit…

— Oui. Avez-vous vu Harrisson ?

— Non.

— Si vous le voyez, ne lui parlez pas de ce que j'ai dit hier soir, je n'en pensais pas un mot.

— Je m'en doutais, assurai-je. Comment allait-il, ce matin ?

— Il est parti, dit-elle.

— Quoi ?

— Oui, il est parti, il m'a quittée.

— Il a déjà fait ça. Il reviendra.

— Je sais, mais cette fois j'ai peur. Il n'est pas allé à son bureau. J'espère qu'il est ivre mort dans un coin quelconque, mais… Nick, vous le croyez vraiment amoureux de cette fille ?

— Il a l'air de le croire.

— Vous l'a-t-il dit ?

- Ça ne voudrait pas dire grand-chose.

— Croyez-vous que je devrais la voir ?

— Non.

— Pourquoi ? Est-ce qu'elle l'aime ?

— Non.

— Qu'est-ce qui vous prend ? demanda-t-elle d'un ton sec.

— Non, répondis-je, je ne suis pas chez moi.

— Quoi ? Ah ! vous ne pouvez pas me parler librement ?

— C'est ça.

— Êtes-vous… chez elle ?

— Oui.

— Est-elle là ?

— Non.

— Croyez-vous qu'elle soit avec lui ?

— Je n'en sais rien. Je ne crois pas.

— Voulez-vous m'appeler quand vous pourrez me parler librement ou venir me voir ?

— Entendu ! promis-je, et je raccrochai.

Mimi me regardait avec des yeux amusés.

— Quelqu'un qui prend les affaires de ma garce de fille au sérieux, me dit-elle.

Je ne répondis pas. Elle se mit à rire et demanda :

— Tant qu'il y aura quelqu'un pour la croire, elle continuera. Et toi, tu marches à fond, toi qui refuses de croire que… que je te dis toujours la vérité.

— C'est une opinion, dis-je.

La sonnette de la porte m'empêcha d'en dire plus. Mimi fit entrer le toubib ; un petit vieux replet et voûté, et l'emmena dans la chambre de Gilbert.

Je rouvris le tiroir qui contenait les titres pour les examiner : des Postal Telegraph and Cable, des Sao Paulo, des American Type Founders, des Upper Austria, des Philippine Railways, Tokio Electric, etc. ; à vue de nez, il y en avait bien pour soixante mille dollars en valeur nominale.

On sonna de nouveau à la porte et je fermai le tiroir. Macaulay entra. Il paraissait très las et s'assit sans ôter son pardessus.

— Allons, me dit-il, racontez-moi le pire. Qu'est-il venu faire ici ?

— Je n'en sais encore rien, sinon qu'il a laissé à Mimi des titres et un chèque.

— Je sais, dit l'avocat, me tendant une lettre qu'il tira de sa poche.

Mon cher Herbert,

Je remets aujourd'hui à Mme Mimi Jorgensen les titres dont vous trouverez la liste ci-dessous et un chèque de dix mille dollars sur la Park Avenue Trust, daté du 3 janvier 1933. Voulez-vous faire le nécessaire pour verser la somme destinée à couvrir ce chèque. Vendez les titres d'État. Il m'est impossible de demeurer davantage à New York et je ne pourrai revenir avant plusieurs mois. Cependant, je compte rester en rapport avec vous. Je regrette de ne pouvoir vous rencontrer ce soir, vous et M. Charles.

Sincèrement vôtre,

Clyde Wynant.

Au-dessous de la signature figurait la liste des titres.

— Comment cette lettre vous est-elle parvenue ?

— Par porteur. Pourquoi croyez-vous qu'il remette des fonds à Mimi ?

— Elle prétend qu'il veut assurer son avenir et celui de ses enfants.

— Cela me paraît aussi vraisemblable que l'idée que Mimi puisse dire la vérité.

— Au fait, dis-je, je croyais que tous les biens de Wynant se trouvaient entre vos mains ?

— Je le croyais aussi, répondit-il, mais j'ignorais l'existence de ces titres. Si toutes les choses que j'ignore étaient mises bout à bout..., ajouta-t-il, les coudes aux genoux, la tête dans les mains.

CHAPITRE 30

Mimi entra, suivie du médecin et eut un « Comment allez-vous ? » un peu sec pour Macaulay, et lui serra la main.

— Docteur Grant, M. Macaulay, M. Charles, dit-elle.

— Comment va le malade ? demandai-je.

Le docteur Grant toussota puis déclara que l'état de Gilbert n'était pas alarmant ; une légère hémorragie interne ; il fallait du repos. Il se déclara enchanté de nous avoir rencontrés et Mimi l'escorta jusqu'à la porte.

— Qu'est-il arrivé à Gilbert ? interrogea Macaulay.

— Wynant l'a envoyé chercher peau de balle à l'appartement de Julia et il est tombé sur un flic un peu brutal.

Mimi revenait.

— M. Charles vous a parlé des titres et du chèque ? demanda-t-elle à Macaulay.

— J'ai reçu une lettre de M. Wynant à ce sujet, répondit l'avocat.

— Alors il n'y aura pas de…

— De difficulté ? Pas que je sache.

Elle se détendit et son regard perdit un peu de sa dureté.

— Je ne voyais pas pourquoi il y en aurait, mais (elle me désigna du geste) il adore me faire peur.

Macaulay sourit poliment.

— Est-ce que Wynant vous a fait part de ses projets ? dit-il.

— Il a parlé de s'en aller, répondit Mimi, mais je n'écoutais que d'une oreille. Je ne me souviens pas s'il a dit quand et pour où.

J'émis un grognement sceptique. Macaulay parut la croire sur parole.

— Vous a-t-il parlé de Julia Wolf, reprit-il, ou de tout autre détail se rapportant au meurtre ?

Elle secoua négativement la tête, avec énergie.

— Pas un mot, dit-elle. Je lui ai posé des questions, mais vous savez comme il peut être évasif quand il le veut : je n'ai pu tirer de lui que des grognements.

Je posai la question que Macaulay devait hésiter à formuler par politesse.

— De quoi vous a-t-il parlé ?

— De rien vraiment, de nous, des enfants, de Gilbert surtout. Il tenait à parler à son fils et l'a attendu près d'une heure dans l'espoir de le voir. Il s'est beaucoup moins intéressé à Dorothy

— A-t-il parlé de sa lettre à Gilbert ?

— Non. Je peux répéter notre conversation tout entière si vous voulez. J'ignorais qu'il devait venir ; il n'avait même pas téléphoné de la réception : il a sonné à la porte, et quand j'ai ouvert je l'ai aperçu, très vieilli et plus mince que jamais. J'ai dit : « Clyde ! » « Tu es seule ? » m'a-t-il demandé, et il est entré…

La sonnette de la porte résonna et Mimi alla ouvrir.

Elle revint avec Guild et Andy. Guild me fit un bref signe de tête, serra la main de Macaulay et se tourna vers Mimi.

— Eh bien ! madame, dit-il, je vais vous prier de me dire…

Macaulay l'interrompit.

— Si vous me laissiez parler le premier, lieutenant ; ce que j'ai à dire vient avant les déclarations de Mme Jorgensen.

Guild fit un geste conciliateur.

— Allez-y ! dit-il en s'asseyant sur le divan.

Macaulay répéta ce qu'il m'avait raconté le matin même. Quand il mentionna que j'étais au courant, Guild me lança un regard noir, puis m'ignora complètement. Macaulay s'exprimait clairement et avec précision. Deux fois Mimi parut sur le point de parler, mais elle se ravisa.

Quand Macaulay se tut, il tendit à Guild la dernière lettre de Wynant.

— Elle m'a été apportée cet après-midi, dit-il.

Guild la lut avec attention puis se tourna vers Mimi.

— Alors, madame Jorgensen ?

Elle répéta à son tour ce qu'elle venait de nous raconter, répondant point par point à l'interrogatoire patient de Guild. Elle soutint que Wynant n'avait pas ouvert la bouche à propos du meurtre de Julia Wolf et qu'il désirait, en remettant les titres et le chèque, assurer son avenir et celui de ses enfants.

Elle ne parut pas troublée le moins du monde par le scepticisme général et conclut avec un sourire :

— Il a des côtés charmants, mais il est vraiment toqué !

— Voulez-vous dire vraiment fou, demanda Guild, ou simplement un peu timbré ?

— Fou, fou à lier.

— Sur quoi fondez-vous cette opinion ?

— On voit bien que vous n'avez pas vécu avec lui ! répondit-elle d'une voix angélique.

Guild ne parut pas satisfait.

— Comment était-il habillé ? demanda-t-il.

— Complet marron, pardessus et chapeau mou de même couleur ; une chemise blanche et une cravate grise avec des espèces de dessins rougeâtres.

Guild fit un signe de tête à Andy.

— Va les prévenir ! dit-il.

Andy sortit.

Guild se gratta le menton d'un air pensif. Puis il regarda Mimi et Macaulay.

— Quelqu'un d'entre vous, demanda-t-il enfin, connaît-il une personne dont les initiales soient D. W. Q. ?

Macaulay fit non de la tête.

— Non, dit Mimi ; pourquoi ?

Guild se tourna vers moi.

— Non, je ne vois pas, répondis-je.

— Pourquoi ? répéta Mimi.

— Essayez de vous souvenir ; il s'agit d'un homme qui a certainement été en rapport avec Wynant.

— Il y a longtemps ? demanda Macaulay.

— Difficile à dire : des mois, des années peut-être. Un homme assez grand, large, épais et peut-être boiteux.

— Ça ne me dit vraiment rien, dit Macaulay en hochant la tête.

— Moi non plus, assura Mimi, mais je brûle de curiosité. Dites-nous vite.

— Comptez-y, dit Guild.

Il tira un cigare de la poche de son gilet, l'examina longuement puis le remit dans sa poche.

— Le cadavre du personnage en question est enterré sous le dallage du laboratoire de Wynant, dit-il.

— Ah ! fis-je.

Mimi porta les deux mains à sa bouche sans un mot : ses yeux écarquillés paraissaient ne rien voir.

— Êtes-vous sûr ? dit Macaulay, les sourcils froncés.

— On n'invente pas des trucs pareils ! soupira Guild.

Macaulay rougit et sourit avec embarras.

— Je suis stupide ! dit-il ; comment l'avez-vous trouvé ?

— Eh bien ! voilà : M. Charles, ici présent, répétait sans cesse que nous devrions nous intéresser un peu plus à ce local et, comme M. Charles est un homme qui en sait beaucoup plus long qu'il ne dit, j'ai expédié quelques hommes là-bas, ce matin. Nous avions déjà visité les lieux sans résultat, mais cette fois j'ai tenu à ce que tout soit retourné, toujours à cause de M. Charles. Et M. Charles avait raison !

Il s'interrompit et me regarda sans aménité.

— Les hommes ont fini par repérer un coin de dallage cimenté qui paraissait plus récent. Ils ont défoncé le ciment et sont tombés sur les restes de feu D. W. Q. Qu'est-ce que vous en pensez ?

— Je pense que M. Charles a vraiment eu le nez creux ! dit Macaulay. Comment avez-vous…, ajouta-t-il, tourné vers moi.

— Vous ne devriez pas dire ça, coupa Guild, M. Charles n'a pas deviné, il est encore bien plus malin que ça.

Macaulay, surpris par le ton acerbe de Guild, m'interrogea du regard.

— Je suis en quarantaine, pour ne pas avoir répété au lieutenant Guild notre conversation de ce matin.

— C'est bien ça… entre autres choses, approuva tranquillement Guild.

— Comment M. D. W. Q. a-t-il été tué ? demandai-je.

Guild hésita, puis haussa les épaules et déclara :

— Je n'ai pas vu les restes, et le médecin légiste n'a pas encore fini son boulot.

— Dans quel état l'a-t-on trouvé ? demanda Macaulay.

— Il a été dépecé à la scie et enterré dans la chaux vive. Il ne reste donc pas beaucoup de viande dessus, d'après le rapport ; mais les vêtements avaient été enfouis avec lui roulés en boule et les doublures nous ont donné des indications. Il y avait aussi un morceau de canne à bout de caoutchouc. D'où l'idée du boiteux…

Il s'interrompit pour interroger Andy qui entrait.

— Alors ?

Andy secoua la tête.

— Personne ne l'a vu entrer ni sortir, dit-il. Il est si mince ! Ça me rappelle l'histoire du type qui était si maigre qu'il devait se tenir deux fois au même endroit pour donner une ombre.

Je me mis à rire, mais pas à cette astuce vaseuse.

— Il n'est pas si mince que cela, dis-je, mais disons qu'il est mince comme le papier du chèque ou celui des lettres qu'on a reçues de lui.

— Comment ça ? grommela Guild.

Il rougit brusquement et me jeta un regard méfiant.

— Wynant est mort… il est mort depuis longtemps, sauf sur le papier. Je veux bien parier que ce sont ses os que vous avez trouvés avec les frusques du boiteux.

Macaulay se pencha vers moi.

— Vous êtes sûr, Charles ? dit-il.

— D'où sortez-vous ce nouveau bobard ? grogna Guild.

— Le pari tient toujours, répondis-je. Ça ne vous épate pas que l'on se donne tant de mal pour escamoter le cadavre et qu'on laisse à côté des choses si faciles à faire disparaître… des vêtements intacts.

— Ils n'étaient pas intacts.

Évidemment. Ça aurait paru louche. Il fallait qu'ils fussent juste assez endommagés pour ne pas attirer les soupçons, mais je suis sûr que les initiales se voyaient comme le nez au milieu du visage.

— Je ne sais pas, dit Guild, refroidi. Elles étaient sur une boucle de ceinture.

J'éclatai de rire.

— C'est ridicule, Nick ! s'exclama Mimi. Comment s'agirait-il de Clyde ? Il était ici tout à l'heure !

— Chht ! fis-je. C'est très bête de ta part de jouer ce petit jeu. Wynant est mort et tes enfants sont sans doute ses seuls héritiers ; cela représente bien plus d'argent qu'il n'y en a dans ce tiroir. Pourquoi te contenter d'une partie du butin quand tu peux tout ramasser ?

— Je ne comprends pas ! dit-elle, très pâle.

— Charles pense que Wynant n'était pas ici cet après-midi, dit Macaulay, et que quelqu'un d'autre vous a remis les titres et le chèque, ou bien que vous les avez volés. C'est bien cela, Charles ?

— À peu près !

— Mais c'est ridicule ! insista Mimi.

— Sois raisonnable, Mimi, repris-je. Supposons que Wynant ait été tué, il y a trois mois, et que son cadavre ait été « maquillé ». Ton ex-mari paraît avoir disparu en laissant à Macaulay une procuration générale. Parfait. Dans ce cas la fortune de Wynant est entre les mains de son avocat à perpétuité ou, du moins, jusqu'à ce qu'il ait tout flanqué par les fenêtres. Tu ne peux…

Macaulay se leva brusquement.

— Je ne vois pas où vous voulez en venir, Charles, commença-t-il.

— Doucement ! intervint Guild, laissez-le parler !

— Il a tué Wynant, Julia et Nunheim, assurai-je à Mimi. Veux-tu prendre la suite ? Tu devrais comprendre que du fait que tu l'as aidé en déclarant avoir vu ton ex-mari vivant, — car c'est là le point faible de sa théorie : il est le seul qui prétende avoir vu Wynant depuis octobre — tu dois comprendre qu'il ne te permettra pas de changer d'avis là-dessus ; il suffit de te descendre toujours avec le même revolver, et on accusera Wynant une fois de plus. Et pourquoi as-tu marché ? Pour ce malheureux paquet de titres, une poussière de ce qui doit te revenir par l'intermédiaire de tes enfants si la preuve de la mort de Wynant est faite.

— Espèce de salaud ! dit Mimi, tournée vers Macaulay.

Guild, bouche bée, n'en revenait pas, plus surpris par cette injure que par ce que je venais de dire.

Macaulay esquissa un mouvement. Je n'attendis pas plus et le sonnai d'un gauche au menton.

Le coup avait porté juste et l'étendit pour le compte. J'éprouvai soudain une sensation de brûlure au côté gauche et compris que ma blessure s'était rouverte.

— Qu'est-ce que vous attendez ? demandai-je à Guild ; que je vous l'enveloppe ?

CHAPITRE 31

Il était près de trois heures du matin quand je revins au Normandie. Nora, Dorothy et Larry Crowley étaient au salon. Dorothy lisait le journal. Larry et Nora jouaient au jacquet.

— C'est vraiment Macaulay qui les a tués ? demanda aussitôt Nora.

— Oui ; les éditions de nuit parlent de Wynant ? demandai-je.

— Non, dit Dorothy. On annonce seulement l'arrestation de Macaulay. Pourquoi ?

— Il a aussi liquidé Wynant ! dis-je.

— Non ! fit Nora.

— Nom de Dieu ! s'écria Larry.

Dorothy se mit à pleurer. Nora la regarda avec étonnement.

— Je veux retourner chez maman ! sanglota Dorothy.

— Je vous ramènerai très volontiers, dit Larry sans chaleur.

Dorothy insista pour partir. Nora fit quelques frais, mais ne tenta pas de la dissuader. Larry alla chercher son chapeau et son manteau. Ils partirent.

Nora referma la porte et s'adossa au panneau.

— Et maintenant expliquez-moi tout, monsieur Charalambides, dit-elle.

Je secouai la tête.

Elle s'assit près de moi sur le divan.

— Vas-y, fit-elle, et si tu passes un seul détail…

— Je parlerai quand je me serai rincé le gosier, répondis-je.

Elle jura, se leva et m'apporta un verre.

— A-t-il avoué ? demanda-t-elle.

— Pourquoi ? Il peut très bien plaider coupable ; c'est même la seule solution.

— Mais il est coupable ?

— Bien sûr !

— Pas de bobards, dit-elle en m'empêchant de boire. Raconte.

— Eh bien ! il semble que Julia et lui exploitaient Wynant depuis un bout de temps. Il avait déjà jeté pas mal de fric par les fenêtres. Par Morelli il avait appris son passé et ils ont fait équipe pour plumer le vieux. On est en train de piocher dans les bouquins de comptabilité et les transferts de fonds seront faciles à vérifier.

— Alors tu ne peux pas affirmer qu'ils volaient Wynant ?

— Mais si, c'est la seule explication. Wynant avait dû projeter de s'absenter vers le 3 octobre, puisqu'il a touché à la banque cinq mille dollars en espèces, niais il n'avait pas donné congé de son appartement, ni fermé son laboratoire. C'est Macaulay qui s'en est chargé quelques jours plus tard. Wynant a été supprimé chez Macaulay, à Scarsdale, dans la nuit du 3 au 4, puisque, le matin du 4, Macaulay a viré sa cuisinière avec quinze jours de gages sous un vague prétexte sans la laisser entrer dans l'appartement.

— Comment as-tu trouvé ça ? Les détails !

— Toujours le même système. Après l'avoir agrafé, nous sommes allés à son bureau et chez lui, interrogeant tout le monde. Tu sais : « Où-étiez-vous-la-nuit-du-6-juin-1894… » etc., et la cuisinière actuelle, entrée le 8 octobre, nous a mis sur la bonne piste. Nous avons aussi découvert une table portant des traces de sang. On espère que c'est du sang humain : les experts en mettent un coup.

(En fait, on constata qu'il s'agissait de sang de bœuf !)

— Alors vous n'êtes pas sûrs…

— Tu radotes ! Mais si, nous sommes sûrs ! C'est la seule explication. Wynant s'était aperçu que Macaulay et Julia le volaient. De plus il a pensé à tort ou à raison qu'ils couchaient ensemble, tu sais comme il était jaloux, et, quand Macaulay s'est vu mis au pied du mur, il a tué le vieux. Ne dis pas que nous ne sommes pas sûrs ; enfin, le voilà avec un cadavre sur les bras ; difficile de s'en débarrasser ; je peux boire une gorgée ?

— Rien qu'une ! fit Nora, mais tout cela n'est qu'une théorie, non ?

— Appelle ça comme tu voudras ; ça me suffit.

— Mais je croyais qu'on était présumé innocent jusqu'à ce qu'il n'y ait plus aucun doute ?

— Ça c'est l'affaire du jury, pas celle des détectives. On arrête le gars qu'on croit coupable, on le coffre, on le met en première page dans les canards et le district attorney échafaude une bonne petite accusation pendant qu'on recherche de nouveaux indices : les gens qui ont reconnu sa photo viennent nous voir et ça y est ; le type est bon pour la chaise électrique.

(Deux jours plus tard, une femme de Brooklyn déclara que Macaulay lui avait loué un logement depuis trois mois, sous le nom de George Foley.)

— Mais ça n'a pas l'air de tenir debout ! s'exclama Nora.

— Quand les crimes sont commis par des méthodes mathématiques il faut les résoudre par le même moyen, dis-je, mais c'est rare et ici ce n'est pas le cas. Il est probable que Macaulay a dépecé le cadavre et l'a emporté au labo, par morceaux, dans une valise. Ça devait être vers le 6 octobre, date à laquelle il a renvoyé les deux préparateurs, Prentice et Mc Naughton, et bouclé le local. Il a enterré les morceaux avec les vêtements d'un homme corpulent, une ceinture marquée D.W.Q. et une canne à bout de caoutchouc en s'arrangeant pour que tous ces accessoires ne soient pas trop détériorés par la chaux vive. Puis il a refait le dallage de ciment. On trouvera certainement les endroits où il a acheté les fringues, la canne et le ciment.

— Je l'espère, dit Nora d'un air de doute.

— D'autre part en renouvelant le bail du laboratoire, sous prétexte que Wynant pouvait revenir, il était à peu près sûr qu'on ne découvrirait pas le cadavre, et même dans ce cas, on trouverait les restes du gros D.W.Q., les morceaux étant méconnaissables, et Wynant serait accusé, ce qui expliquerait sa répugnance à se montrer. Cela fait, Macaulay fabrique la procuration générale et, aidé de Julia, opère peu à peu le transfert de fonds. Maintenant je refais de la théorie. Julia a peur et Macaulay se méfie d'elle. Il provoque sa rupture avec Morelli, pour rendre plausible la jalousie de Wynant ; il craint, par ailleurs, que Julia se confie à Shep ou, un peu plus tard, à Face Peppler, qui va sortir de taule. Et là-dessus Mimi et ses gosses arrivent et cherchent Wynant.

Macaulay croit que je les aide dans ces recherches. Il décide de liquider Julia. Tu me suis ?

— Oui, mais...

— Tout va de mal en pis. En venant déjeuner ici, ce jour-là, il s'arrête pour téléphoner à son bureau en se faisant passer pour Wynant ; il imagine le rendez-vous du Plaza pour établir la présence de Wynant à New York. Il va au Plaza, interroge le personnel, pour rendre l'histoire plausible ; il téléphone à son bureau, puis à Julia qui l'avertit qu'elle attend la visite de Mimi. Il décide alors d'arriver avant Mimi et tue Julia ; il tire comme un cochon : je l'ai constaté pendant la guerre. Il a dû la manquer la première fois, la balle qui a démoli le téléphone, et il a vidé son barillet. Il a ensuite jeté à terre le bout de chaîne et le canif — ce qui prouve la préméditation —, puis il s'est rendu chez Hermann pour combiner son alibi. Il n'a pas prévu deux choses : *primo*, que Nunheim l'avait vu quitter l'appartement et avait probablement entendu les détonations ; *secundo*, que Mimi, qui a le chantage dans la peau, escamoterait la chaîne pour s'en servir et taper son ex-mari. Il est donc parti pour Philadelphie d'où il m'a envoyé ce télégramme et les lettres qu'il s'adressait à lui-même et à la tante Alice espérant que Mimi, furieuse d'être soupçonnée, remettrait la chaîne à la police. Macaulay n'ignorait pas qui était Jorgensen : nous avons trouvé les rapports des détectives français dans son bureau. Il prétend qu'il avait fait procéder à cette enquête sur les instructions de Wynant. Puis je l'ai moi-même inquiété par mon entêtement à croire Wynant innocent !

— Qu'est-ce qui te poussait à le croire ?

— Pourquoi Wynant aurait-il menacé Mimi qui le protégeait en cachant la preuve de sa culpabilité ? C'est ce qui m'a fait penser que la chaîne avait été placée là pour donner le change. Je croyais même que Mimi avait fait le coup elle-même. Morelli inquiétait aussi Macaulay. Il ne voulait pas voir soupçonner quelqu'un qui, pour se justifier, mettrait les flics sur la bonne piste. Suspecter Wynant était la seule façon de faire douter de sa mort. D'autre part, pourquoi Macaulay aurait-il tué les deux autres s'il n'avait pas assassiné Wynant ? L'affaire entière repose sur l'idée que Wynant devait être logiquement mort.

— Tu vas me dire que tu as tout trouvé dès le début ? demanda Nora en me dévisageant d'un œil torve.

— Non, chérie, bien que je sois honteux de n'y avoir pas pensé ; mais quand Guild m'a annoncé qu'on avait découvert un cadavre au magasin, les toubibs auraient bien pu jurer qu'il s'agissait d'une femme, j'aurais persisté à croire qu'il s'agissait de Wynant. Ça ne pouvait pas faire un pli !

— Tu dois être éreinté, dit Nora ; c'est sans doute ça qui te rend si bavard !

— Nunheim l'embêtait aussi, continuai-je. Il avait vendu Morelli pour rester en bons termes avec la police, ensuite il a été trouver Macaulay. Là, j'invente de nouveau, mon chou ; tu te souviens du type qui m'a appelé au téléphone, qui prétendait se nommer Albert Norman, et qui a raccroché brusquement ? Je crois que Nunheim était allé trouver Macaulay pour le faire chanter et que Macaulay a voulu bluffer. Alors Nunheim m'a appelé à l'appareil pour le dénoncer et Macaulay l'a forcé à raccrocher. Mais, après notre visite, à Guild et à moi, Nunheim a dû appeler Macaulay après s'être taillé en exigeant une forte somme pour disparaître. Le standardiste du bureau de Macaulay a noté la communication demandée cet après-midi-là par le nommé Albert Norman. Alors ne prends pas des airs à propos de mes… constructions. Macaulay est sorti immédiatement après avoir raccroché et il a descendu Nunheim à un endroit choisi d'avance où il l'avait convoqué.

— C'est probable ! dit Nora.

— Voilà un mot qu'il faut employer à haute dose dans cette affaire, dis-je. La lettre à Gilbert était destinée à démontrer que Wynant possédait une clé de l'appartement de Julia. Y envoyer le gamin, c'était le fourrer dans les pattes des flics qui n'ignoraient rien de la lettre et de la provenance de la clé. Enfin, Mimi exhibe le bout de chaîne, mais elle pousse Guild à me soupçonner et Macaulay est embêté. J'ai l'impression que ce matin, en venant me voir, il avait projeté de m'attirer à Scarsdale pour ajouter mon nom à la liste des victimes de Wynant. A-t-il changé d'avis au dernier moment ? S'est-il méfié quand j'ai parlé d'amener les flics ? N'importe, le mensonge de Gilbert qui prétendait avoir vu son père lui a suggéré une idée : s'il pouvait trouver quelqu'un pour affirmer avoir vu Wynant, tout irait bien, et ça c'est une certitude, Dieu merci ! Il a été trouver Mimi cet après-midi-là, en amenant l'ascenseur deux étages plus haut et il est redescendu par l'escalier, de façon que le liftier ne se souvienne pas de l'avoir déposé à ce palier. Il a affirmé à Mimi que Wynant était coupable, mais que jamais la police ne pourrait le prouver. Il avait, lui, Macaulay, la fortune de Clyde à sa disposition. Il lui était difficile de se l'approprier, mais il pouvait se servir d'elle comme d'un intermédiaire si elle consentait à faire part à deux. Il lui remettrait le chèque et les titres, mais elle soutiendrait qu'elle les tenait de Wynant qui était venu la voir au Courtland. Il a dû insister en faisant remarquer que Wynant, en fuite, ne pouvait donner de démenti et que Mimi et ses enfants étaient seuls à pouvoir réclamer la fortune de

Wynant. Mimi n'y pige plus rien quand il s'agit de palper du fric ; elle a marché. Macaulay avait enfin sous la main quelqu'un qui avait vu l'insaisissable Wynant vivant. Il avertit sa complice que tout le monde croirait qu'elle avait été payée par son ex-mari pour lui rendre un service, mais que personne ne pourrait le prouver.

— Donc, ces histoires d'instructions données par Wynant le chargeant de remettre à Mimi des fonds dans les limites du raisonnable, c'était un coup monté ?

— Peut-être. C'était une façon d'amorcer l'affaire. Alors, tu crois que nous le tenons maintenant ?

— Oui, en un sens. Il y a beaucoup de choses contre lui, mais ce n'est pas très clair.

— C'est assez clair pour l'envoyer à l'ombre, dis-je, et c'est l'essentiel. Bien entendu, il serait intéressant de retrouver le revolver et la machine à écrire qui a servi à taper les lettres signées Wynant.

(Nous les trouvâmes ultérieurement dans l'appartement loué à Brooklyn sous le nom de George Foley.)

— Comme tu voudras, dit Nora, mais j'avais toujours pensé que les détectives attendaient d'avoir réuni toutes les preuves avant…

— Et qu'ensuite ils s'étonnaient en constatant que le suspect se trouvait aux antipodes, dans un pays ignorant les traités d'extradition !

— Ça va, ça va ! dit-elle en riant. Tu veux toujours partir demain pour San Francisco ?

— Non, à moins que tu ne sois pressée. Restons encore un peu dans le coin, toutes ces histoires m'ont mis en retard sur mon programme de biberonnage…

— Parfait. Mais que vont devenir Mimi, Gilbert et Dorothy ?

— Rien. Ils continueront à être Mimi, Gilbert et Dorothy, comme nous resterons Nora et Nick et que les Quinn demeureront les Quinn. Un meurtre n'est fatal que pour une personne : la victime, et quelquefois pour l'assassin !

— Peut-être, dit Nora, mais moi, je n'en pense pas moins !…

DU MÊME AUTEUR

Aux Éditions Gallimard

LA CLÉ DE VERRE, 1932, Folio Policier (nº 17)

LA MOISSON ROUGE, 1932, Folio Policier (nº 38)

SANG MAUDIT, 1933, Collection Série Noire (nº 74)

L'INTROUVABLE, 1950, Carré Noir (nº 246) et Folio Policier (nº 383)

LE FAUCON DE MALTE, 1936, Folio Policier (nº 50)

LE GRAND BRAQUAGE, 1968, Folio Policier (nº 300)

PAPIER TUE-MOUCHES, 1968, Folio Policier (nº 251)

LE SAC DE COUFFIGNAL, 1968, Folio Policier (nº 169)

LE DIXIÈME INDICE ET AUTRES ENQUÊTES DU « CONTINENTAL OP », Carré Noir (nº 366) et Folio (nº 1802)

LE FAUCON DE MALTE – SANG MAUDIT – LE GRAND BRAQUAGE, 1987, Bibliothèque Noire

Composition Nord Compo.
Impression Société Nouvelle Firmin-Didot
à Mesnil-sur-l'Estrée, le 12 septembre 2005.
Dépôt légal : septembre 2005.
1er dépôt légal : juin 2005.
Numéro d'imprimeur : 75445.

ISBN 2-07-030929-0 / Imprimé en France.

16099